Heinke Stulz

Für Mütter

und solche,

die **nicht** so

werden wollen

Einen Dank für die eindrucksvollen Illustrationen an Ellen Loh-Bachmann.

Für das Korrekturlesen danke ich Kerstin Schmidt und Ute Schneider. Und meinem lieben Ehemann für die fachmännische Begleitung am Computer.

MORGENDÄMMERUNG – Die Kleinkinder

GOLDENES ZEITALTER – Schulkinder

DER TUNNEL - Jugendliche

MORGENDÄMMERUNG

Die Kleinkinder

Es wird geboren

Die Schwangerschaft ist ein gewaltiges Ereignis, es ist wie mit einem Boot alleine auf ein unbekanntes Gewässer fahren, wie ohne Taschenlampe und ohne Führer in eine dunkle Höhle klettern, wie mutterseelenalleine in einer fremden Landschaft stehen und nicht wissen wohin, sich von einer Brücke werfen an einem brüchigen Gummiband. Man muss sehr viel Vertrauen haben in die dunkle Natur und in sich selbst. Nicht alle haben das.

Es hilft nicht, dass Susi viele kannte, die es schon erlebt haben, trotzdem weiß sie nicht, wie es für sie selber sein wird.

Um diesen Schritt ins Unbekannte zu vernebeln und zu versüßen, um die Angst zu nehmen, wurden die Muttermythen erfunden, von den Hebammen, von der Werbung, von den mütterlichen Ratgeberinnen. Allesamt süß, golden und sentimental. Nebelkerzen. Blauer Dunst. Wenig Wahrheit.

Die Gefühle, die eine schwangere Mutter begleiten, sind von der Tagesform abhängig.

Es gibt Tage, an denen Susi es vorziehen würde, kein Kind in sich zu haben und nicht schwanger zu sein, an denen sie den Tag verflucht, an dem sie den Vater des Kindes zum ersten Mal gesehen hat, an denen sie die Vorstellung, für immer ein Kind zu haben, nicht ertragen kann.

Und es kommen auch die Tage voll süßer Wonne, wo sie das Wunder erlebt, dass jede Empfängnis bedeutet, ein neues Leben beginnt, mit geschlossenen Augen, voll blinden Vertrauens, in Hoffnung auf Schönheit und Liebe, jedes Kind ein Versprechen, jedes junge Leben ein leeres Buch, mit verheißungsvoll leeren Seiten, vollgeschrieben mit unsichtbarer Tinte, die wir zu lesen versuchen, aber nicht können. So weiß, füllen wir sie mit unseren Hoffnungen und Sehnsüchten.

Und Susi fühlt sich auserwählt und beglückt, auch dieses ist wahr. Bis sie wieder einmal in den Spiegel geschaut hat.

Auch diese rosa Tage sind wahr, genauso wie die anderen, die schwarzen.

Irgendwann wird das Kind zu groß, es muss hinaus. Es will nun doch geboren werden.

Und da ist es nun. Das Kind. Die Hebamme sagt, es sei gesund, und was noch an Kommentaren von den Umstehenden kommt. Susi mag gar nicht hinschauen, so lange hat sie diese Vorstellung mit sich herumgetragen, dass da ein kleines Ich, eine kleine Susi herauskommen wird, denn als solches hat sie es neun Monate gehegt und gepflegt, andernfalls...wer weiß. Sie scheut den ersten Kontrollblick, scheut davor zurück, und was ist, wenn nicht....? Irgendwann kann sie es nicht mehr länger hinauszögern.

Da ist ES! Oh, es ist kein kleines Ich. Gar nichts zu tun damit. Nicht mal die gleichen Haare. Grauen erfasst sie. Ein unbekanntes Kind. Das hat sie die ganzen neun Monate in sich getragen. Es ist fremd und sehr anders und dieses...ist jetzt also nun ihr Kind. Und dieses da ist jetzt plötzlich per Beschluss von ganz oben ihr Kind, das sie nun ein Leben lang... was für eine Zumutung! Nein, nicht dass es ihr nicht gefiele... Es ist nur... Wer weiß, was da so alles hätte ankommen können! Man stelle sich nur vor! Und lasse die Phantasie nur gerade ein kleines bisschen die Zügel schießen... ja, ja, eben, seht ihr, was sie meint. Man stelle sich nur vor!!!

Also hat sie nun ein Kind. Da es zu ihr gekommen ist, Irrtum ausgeschlossen, müssen sie sich nun aneinander gewöhnen. Dem leeren Fotorahmen mit dem Kind als solchem, den sie natürlich längst mit einem Foto aus ihrer eigenen Kindheit gefüllt hatte, wird jetzt resolut ein aktuelles Foto eingeschoben, keine Illusionen mehr, bitte. Das reale Kind ist da. D a s hier ist es, genau hinschauen, einprägen, merken. Ja. Natürlich ist es, wie alle Kinder für Mütteraugen, ein hübsches Kind, aber wenn sie den Vorgang so aus der Ferne betrachtet, nur den Vorgang als solchen...bleibt es eine Zumutung. Daher die Angst vor Kindesverwechselungen. Als ob das einen Unterschied machen würde...
Jetzt ist es also da. Die Gefühle entsprechen wieder nicht dem Mutterbuch. Keine Fanfaren, keine Engelschöre singen. Wenn das Kleine schon etwas sehen könnte, würde es bestimmt genauso misstrauisch äugen wie seine Mutter und sich anschauen, bei wem es da zu Hause ist, denn diese Person kannte es ja bisher auch nur von innen. Und ob innen und außen zusammen passt? Aber die Kleinen haben es da besser als die Mütter, sie sind nur mit sich selbst beschäftigt, so als neuer Nabel der Welt.

Siehe da, die erste Hürde für junge Mütter, die Susi

nehmen muss, die auch in keinem Mutterbuch steht: lerne dein Kind lieben, dieses Unbekannte mit Pickeln und Grind.
Es helfen die Hormone. Mutter Natur, auch eine Mutter, kennt ihre Schäfchen und schüttet großzügig Liebesdrogen aus, auf beide, damit es auch klappt mit der Liebe. Manchmal klappt es aber auch nicht.

Ist das Kind hässlich, und das sind sie in den ersten Monaten meistens, geht Susi niedliche Kleidchen und Höschen kaufen, damit sie wenigstens die Kleidchen verzückt anlächeln kann; gehört es zu den wenigen hübschen, kauft sie trotzdem die Kleidchen, damit es die anderen wenigen hübschen, falls sie sich treffen, ausstechen kann.
Je nach Hormonsensibilität hört man die junge Mutter, teils wegen der Lektüre des Mutterbuchs, teils wirklich aus eigener Überzeugung, bald sagen: "Oh, für mich ist es das allerschönste Kind. Schau nur, wie es m i c h anlächelt!"
Mutter Natur, die alte Giftmischerin, lächelt sonnig, sie hat wieder gute Arbeit geleistet.

Man stelle sich nur vor: junge ehrgeizige Frau, gar nicht auf den Kopf gefallen, sagt nun allen Vergnügungen Adieu, der Arbeit, den Freundschaften, dem Sport, allem, womit sie früher ihre Tage vollgestopft hat, ohne Angabe von Gründen, um sich stattdessen ausschließlich einem runzligen, schreienden, schmutzigen Sechseinhalb-pfünder zu widmen, und das nicht nur ganztägig, sondern auch nachts.
Obendrein behauptet sie steif und fest, glücklich zu sein.

Das geht nur unter Drogen.
Der Körper wehrt sich gegen diese Überschwemmung, er entwickelt eine postnatale Depression. Er kann es nicht fassen, dass er nun alle Stunden des Tages und der Nacht an diese kleine Kreatur gefesselt sein soll. Voll verantwortlich vor sich, vor der Familie, vor der Welt für diese kleine Knospe. Ohne Pause, ohne Gnade, ohne Entschuldigungen.
Nie, nie wieder frei!! Dafür nun wirklich zu zweit.

Die Gefühle schwanken wie die Weiden im Wind. Einmal fühlt Susi sich auf die hässlichste Weise hintergangen, gefangen, missbraucht. Dann wieder ist sie so verliebt in dieses kleine Wesen, in seine Gerüche, auch die schlechten, seine Haut, jede seiner Bewegungen, dass sie es immer bei sich tragen möchte, es beißen möchte und nie wieder aus den Augen lassen.

Nachrichten, Strompreiserhöhungen, das Arbeitsleben des Vaters, all das tangiert sie nicht mehr. Gefangen schwebt sie dahin in einer rosenroten Seifenblase, die die Mutter und das Kind umhüllt, trunken vom Glück einer neuen Liebe, geborgen in einer kleinen Welt, die nur von zwei sehr naheliegenden Personen bevölkert ist, wo es nur ein Ich und ein Du gibt.
Eine sprühende, überirdische Zeit, in der es keine Einsamkeit gibt, man ist zu zweit in der Kugel, durch warme Liebe verbunden, Haut an Haut, berauscht von der Gegenwart des anderen.
Die kalte, äußere Welt bleibt draußen, in ihrer kleinen inneren Welt gibt es nur den utopischen Hochsommer.
Eine große, junge Liebe eben, eine von der ewigen Sorte,

die alle mit Ehrfurcht erfüllt.
Kein Wunder, dass der Vater eifersüchtig wird.
Die sind auf Urlaub im Paradies.
Draußen hängt ein Schild: "Bitte nicht stören".
Und wehe, einer tut es! Er wird einfach nicht gehört.
Alles, was er Kritisches sagen will, geht an tauben,
undurchlässigen Ohren vorbei.
Aber zuhören darf er und neidisch sein.

Nur wenn die Hormone die Seifenblase wieder einmal
schrumpfen lassen, kommt die Mutter heraus in die kalte
Welt und sucht jemanden, bei dem sie sich beklagen
kann, in der Sprache, die in der kalten Welt verstanden
wird, über den Verlust ihrer Freiheit, die Verkindlichung
und die Simplizität ihres Lebens jetzt, so anders.
Darum kann man auf die Frage, ob junge Mütter
glücklich sind, keine abschließende Antwort geben.

Sandkasten

Die Epoche, die nun folgt, sind die Sandkastenjahre, für
die Vicky erst einmal trainieren muss. Für sie ist es
mindestens zwanzig Jahre her, dass sie sich eine Blüte in
buddhistischer Versunkenheit 12 Minuten und 35
Sekunden lang angeschaut hat. Das Wunder des ersten
Regentropfens nach einem langen Sonnentag, gemalt in
ein erschrecktes zweijähriges Gesicht, dürfte ähnlich
lange zurückliegen. Und im Sand wühlen mit nackten

Zehen, nicht aus Koketterie, sondern aus unschuldigem
Vergnügen, wann war das das letzte Mal?

Vicky muss lernen, in die Kinderzeit hineinzupassen. In
der Kinderzeit geht alles sehr langsam, wie in Zeitlupe,
denn alles erzeugt so starke Gefühle, durch die man
hindurchgehen muss. Sie kommen auf, brausen, stürmen
und ebben wieder ab. Das hat sie seit der Adoleszenz,
seit dem Erwachen der Ratio nicht mehr so erlebt. Also,
zurück, zurück, noch ein Stückchen, bis in die tiefe
Kindheit hinein mit der Mutter.
Wenn sie es schafft zu fühlen wie das Kind, kann sie
selbst in einer zweiten Kindheit die Wunder der Welt
wieder frisch und neu erleben, es ist wie eine
Wiedergeburt.
Bleibt sie aber die Erwachsene, die erlebt mit der
Geschwindigkeit und Oberflächlichkeit der erwachsenen
Gefühle, dann wird sie es schwer haben. Dann wird sie es
nicht erwarten können, dass ihr Kind wächst und wächst
und dann endlich so groß und klug ist wie sie selber,
damit sie mit ihm reden kann, so von Gleich zu Gleich.
Dann aber hat sie das Kind durch seine Kindheit gejagt.

Für die Kinder ist die Welt so schön und schrecklich,
frisch und großartig, alles ist ein Mirakel, alles ist
geheimnisvoll und wert, es zu ergründen.
Durch Kinderaugen lernen auch wir wieder die Welt so
zu sehen.

Die langen Stunden am Sandkasten. Aufpassen, dass es
keinen Sand in den Mund steckt, keine Käfer, nicht
wegläuft! Und dabei kann Vicky nicht lesen, nein! Es

entgeht ihr sonst zu viel, im Buch und beim Kind. Und wenn sie gerade mitten in einem wirklich fesselnden Abschnitt steckt und in diesem Moment gebeten wird, den zwölften bröseligen Sandkuchen mit kieseligen Erdbeeren zu kosten... dann legt sie resigniert das Buch weg, denn hassen möchte sie ihr Kind ja nicht in seinen unschuldigen Versuchen zu kommunizieren.

Also verzichtet Vicky lieber auf die erfreuliche und intelligente Unterhaltung durch das Buch, um Geduld und Freundlichkeit für das Kind zu haben. Auch Musik hören geht nicht, sie wird sofort dabei gestört! Die Mama langweilt sich offensichtlich und muss unterhalten werden, wenn sie da so mit Ohrstöpseln im Kopf leeren Blickes in die Wolken starrt. Nichts wie hin und sie aufwecken, noch ein Sandkuchen oder schaukeln, vielleicht, liebe Mama.

Auch Unterhaltungen am Sandkasten, die einzige Vergnügung, die ihr bleibt, finden ganz anders statt als die Kinderlosen das gewohnt sind. Nicht konzentriert, nicht intensiv, nicht von widerspiegelndem Minenspiel begleitet, nein. Nur sehr extensiv, die Art von Gesprächen, die sie früher verachtet hat, dieses oberflächliche Dahingeplätscher, zerdehnt, unterbrochen, mit unendlicher Geduld wieder angeknüpft und weitergeführt, mal mit Gesprächspartner, mal ohne, die Sätze flattern unvollendet in der Luft, drehen sich im Kreis, fallen nicht gehört zu Boden, werden vielleicht wiederholt, vielleicht auch nicht, denn wichtig sind sie meistens nicht. Aber etwas anderes zu tun gibt es nicht. Und wer möchte denn schon stricken und dauernd die Nadeln ablegen, wenn wieder Käfer- oder Kampfalarm ist?

Diese langen Stunden am Sandkasten sind eine Lektion in langsamem Leben, im Genießen von Muße, darin, Urlaub im Alltag zu haben. Erinnert an Yogaübungen, tibetanische Meditationen, esoterische Versunkenheit, eigentlich nicht Vickys Fall. Wenn man es bei anderen sieht und selbst keine Zeit dafür hat, findet man es großartig und beneidenswert. Aber wenn man dann selbst dran ist und jeden Tag stundenlang meditieren soll, dann merkt man doch, dass man sich von diesem ruhevollen, vegetativen Stadium des Lebens schon weit entfernt hat.

Sie kann sich auch so schlecht darüber beklagen. Über die Morgens-, Abends- und Einkaufshektik mit dem Kleinkind zu schimpfen, fällt leicht, und wird auch von jedem verstanden, sogar vom Ehemann.

Aber schimpfe mal über die öden Stunden am Sandkasten, die dem Kind offensichtlich so gut tun! Da wird sie selten eine Person finden, die nicht die Stirn runzelt bei dem vergeblichen Versuch, die entsprechenden Gefühle nachzuempfinden.

Denn Muße ist ja gerade das, wovon die meisten Vielbeschäftigten träumen! Auch wenn sie eigentlich nicht viel damit anfangen könnten, wie sich bald herausstellen würde, kämen sie unerwartet doch in den Genuss von so viel freier Zeit, wie die jungen Mütter sie haben.

Vicky sitzt am Sandkasten, die Sonne scheint großzügig, die Vögel zwitschern gedankenlos, außer ihr und der unsäglichen Frau Meier ist heute niemand draußen, und weit weg, anderswo, hört sie das Leben an ihr vorbeirauschen, wie ein wilder, tosender Strom. Die Vögel hört sie gar nicht mehr, so ist sie darauf versessen, dieses kräftige Brummen und Rauschen in der Ferne zu verfolgen, wo sich was bewegt, wo Menschen Ziele verfolgen, Erfolg, Misserfolg haben, in den nächsten fünf Minuten schon etwas anderes tun, ja dort, wo es spannend ist, wo das pralle Leben poppt, wo man nicht einmal zum Nachdenken kommt.

„Auszeit" nennt man das in modernem Deutsch. Da steckt „aus" drin, draußen ist sie, „out" in brutalem Englisch, außerhalb, auf einer Kinderinsel, abgeschnitten vom normalen Leben, denn aus dem Haus kann sie nur sehr selten ohne Kind, fast nie, denn das ist teuer. Das ist dann eine Ausnahme, ein Ausflug, ein festlicher Anlass, und selbst dann ist sie ja nicht wirklich draußen. Die eine Gehirnhälfte beschäftigt sich weiter unablässig mit dem Kind, bewusst oder unbewusst, wo auch immer sie sein mag und mit wem sie gerade spricht.

Wirklich Feuer und Flamme ist sie deswegen nur, wenn sie über ihr Kind sprechen darf, nur dann kann sie ihre ungeteilte Aufmerksamkeit ins Gespräch stecken. Zum Leidwesen der Frauen ohne Kinder, die dann überraschend früh müde werden, und das zum großen Erstaunen der jungen Mutter („Geht es dir auch immer so?"), die dann endlich wieder zu ihrem Kind zurückkehren darf.
Die Freunde von früher, als man noch keine Kinder hatte, finden es schwierig, mit der so veränderten Frau umzugehen. Die meisten Themen, bei denen sie sich früher mit Energie eingehakt hat, lässt sie heute zerstreut

an sich vorüberziehen.

Sie wurde in eine andere Welt geworfen und versucht nun, dort zu überleben. Aber diese Welt ist so anders. So existentiell und so konkret. Immer geht es um das Leben des kleinen Geschöpfs und dies anhand von bedrohlichen Kleinigkeiten. Sie muss dafür sorgen, dass das Kind überlebt und gut überlebt, sie darf keinen Fehler machen, nichts übersehen, obwohl der Job neu für sie ist: die Stopfnadel auf dem Boden etwa, den Luftballon, das Messer auf dem Tisch. Wachsam sein, immer, oder den Posten mit genauen Instruktionen an eine andere Person übergeben, wobei immer die Frage bleibt, ob man ihr auch wirklich trauen kann.

Das ist so, wie wenn der Kommandant einer belagerten Festung plötzlich unter eine heitere Geburtstagsgesellschaft geriete. Er wird schweigsam sein, gedankenverloren und abwesend. Seine Welt ist eine andere, und er kann sie nicht einmal einen Augenblick verlassen, weil er die Verantwortung nie ablegen darf.

Darum fühlen sich vor allem junge Mütter am wohlsten im Kreis anderer Mütter, mit denen sie die Gedanken, die sie den ganzen Tag bewegen, besprechen können.

Aber sie weiß natürlich, dass sie von Zeit zu Zeit wieder einen Ausfall in die Erwachsenenwelt machen muss, mit dem Babyphon den Kontakt mit dem Kind haltend, sonst verkindlicht sie ganz.

Natürlich wird sie mit den Kindern wachsen und auch wieder erwachsen... aber viel langsamer, hinterherhinkend, die Kinder werden schneller erwachsen.

Der kleine Kaiser

Das Kind auf dem Schoß, Stunden vor dem Fenster, durch das sie zuschauen, wie der Garten sich am Regenwasser sättigt. Dasselbe Liedchen 36mal hintereinander singen, ohne Variation, immer gleich. Und das Kinderlachen, noch frei von Häme, frei von Bosheit, frei von Traurigkeit, pure Freude, Lebensfreude, an sich, an der Mutter, an allem, was es umgibt, gluckert da aus seiner Kehle. Auch in den kindlichen Wutanfällen, selbstgerecht und höchst zornig, weil natürlich im Recht, steht das kleine Ich da, noch ungebrochen von fremden Moralvorstellungen, der kleine Kaiser der Welt, dem alles gehört, was er sieht, denn alles existiert ja nur für ihn, nur seinetwegen.

Alles verneigt sich vor ihm und erweist ihm die Reverenz. In diesem schönen Glauben lebt es lange, bis ...bis ein anderer kleiner Kaiser vorbeikommt... dann beginnt das Wundern und Infragestellen ihrer kleinen Weltordnung, wo sich alles noch um sie selber drehte.

Für zwei Kaiser ist auf dieser kleinen Welt kein Platz. Es beginnt der Krieg und die Erziehung.

Bisher hat Renate ihrem Kind immer nur alles zu Gute getan, es getröstet, gereinigt, angekleidet, gesäubert, gefüttert, unterhalten, belehrt, geduldig und meistens gut gelaunt, sie hat sich angestrengt. Dabei dachte sie sich, dass all die Geduld, die sie dabei aufgebracht hatte,

eigentlich schon sehr viel verlangt war.
Aber es kommt noch schlimmer.

Irgendwann, spätestens in der berühmt-berüchtigten Trotzphase, muss sie dem Kind zum ersten Mal versagen, seine laut artikulierten und korrekt verstandenen Bedürfnisse zu stillen. Sie lässt das Kind alleine, wird Teil der bösen Welt und sieht ihm scheinbar teilnahmslos in seinem Leiden zu, wie es da herumtobt, weil das Bonbon die falsche Farbe hat.

Ein schwerer Schritt, denn es war so wonnig, sich immer als erwachsener Fortsatz des Kindes zu fühlen, Sorgen und Freuden mit ihm zu teilen, zu erleiden und zu erleben und zu lenken.

Nun muss sich Renate zum ersten Mal gegen das Kind stellen. Dies ist schmerzhaft, sie leidet dabei mehr als ihr Kind. Aber das Kind muss beginnen, die Grenzen seiner Persönlichkeit zu spüren, zu verstehen, wo es aufhört und die Mutter anfängt, zu lernen, sich von der Mutter zu unterscheiden. Erster Ablösungsprozess, weitere werden folgen.
Es ist das erste Mal, dass nicht nur die Welt ihm Widerstand entgegenbringt, sondern auch seine eigene Mutter. Seine eigene Mutter wird zum Feind, der mitleidslos zusieht, wie es doch so sehr weinen muss. Schlimmer noch, die Mutter geht vielleicht sogar aus dem Zimmer und zieht die Tür hinter sich zu.

Zum ersten Mal betrachtet es sich selbst, traurig, als einzelnes Wesen, das von seinen heftigen Gefühlen und

Wünschen gequält wird und nicht weiß, was es mit ihnen anfangen soll. Diesmal kann es sie nicht, wie üblich, auf die Mutter abladen, um sich von ihr trösten und aufrichten zu lassen. Jetzt muss es das selbst tun! Das ist die erste Unabhängigkeitserklärung! Der erste Schritt in die Souveränität. Unfreiwillig und ohne Freude.

Bisher hat immer die Mutter seine Schmerzen, Freuden, Wutanfälle verwaltet und versorgt und bezahlt. Es musste sie gerade mal empfinden und dann der Mutter melden, die wusste dann schon immer, was zu tun war mit diesen Gefühlen, die in seiner Brust tobten und das Kind belästigten.
Bei Schmerzen ein Pflaster oder sonst was Schönes, bei Wut das Ventil sportlichen Ehrgeizes suchen oder den Tisch hauen, bei Traurigkeit eine gute Portion Mama, bei Freude fällt dem Kind meistens genug selber ein. Jedes Gefühl bekam seine Form, die ihm die Mutter vorgab, und auf diese Weise wurde es durchlebt, gestaltet und abgeschwächt, so dass es einen nicht mehr so quälte in seiner Heftigkeit. Die Mutter, die Verwalterin der kindlichen Gefühle.

Nun aber sitzt es alleine im Zimmer, abgetrennt von seiner Verwaltung, von seinem Zentrum, und muss das alles selber machen. Seine Gefühle sortieren, sie verstehen, über sie nachdenken und etwas mit ihnen machen, damit sie ihm nicht wie Steine um den Hals hängen. Eine Menge Seelenarbeit. Das Kind muss sie alleine tun.
Dafür muss die Mutter sich in eine böse Hexe verwandeln, manchmal.

Jedes Kind hat von Geburt an ein Selbstbewusstsein wie der Kaiser von China. Es hält sich für die mit Abstand wichtigste Person in seiner kleinen Welt und denkt deshalb, dass ihm entsprechende Ehren und Vorrechte von allen Seiten gebühren. Es ist so rührend und ergreifend, wenn wir sehen, mit welch natürlicher Würde es nur nach den besten Sachen greift, sie jedem anderen streitig macht, denn sie gebühren ja ihm, dem Kaiser von China, das ist doch sonnenklar!

Beim Rennen muss es der erste sein, auch wenn seine kleinen Beinchen es nicht hergeben, aber diese Ehre muss man dem Kaiser einräumen, man muss ihn dann eben gewinnen lassen, so hat man einen Kaiser zu behandeln, denn es gibt ihn ja nur einmal auf der Welt. Und dass die Mutter nur ihm gehört, versteht sich ja wohl von selbst.

Nun muss man diesen niedlichen Egomanen in seiner angeborenen Anmaßung erziehen, zurechtbiegen, verkleinern, damit er mit den anderen Egomanen auf dieser Erde zurechtkommt.

"Was du nicht willst, dass man dir tu, das füg´ auch keinem anderen zu!"

Diese harte und unliebsame Wahrheit muss man ihm eintrichtern, einbläuen, ... alles Worte, die aus einer handgreiflichen Epoche der Erziehung stammen.

So wird der arme Kaiser von China entthront, eine traurige Erniedrigung. Der Kaiser von China wird sich wehren und bittere, saure Tränen weinen über diese hässliche Welt, die ihn, den Kaiser von China, nicht willkommen heißt und ihn nicht behandelt, wie es ihm gebührt. Sogar seine über alles geliebte Mutter, nach ihm die wichtigste Person auf diesem Planeten, vergreift sich manchmal im Ton! Dass auch sie ihn verrät, das hätte er nie von ihr gedacht!

Auch für Renate ist es der erste Verrat an ihrer großen Liebe, aber sie muss es aus Liebe tun, und das ist umso schwerer.

Wie viel leichter ist es, dem kleinen Kaiser von China seinen Willen zu lassen und ihn in seiner Ansicht zu bestärken, dass er bei weitem der größte und wichtigste von allen sei. So wüchse er dann zu einem großen und vielleicht von allen gefürchteten Tyrannen heran. Dann wäre man Mutter eines Helden! Vielleicht. Die Verführung ist groß!

Erzieht man sein Kind zu Höflichkeit und Rücksichtnahme auf andere? Oder macht man sich die Arbeit nicht, sondern bestärkt ihn in seinen überzogenen Ansprüchen und bleibt die über alles geliebte Mutter, loyale Untertanin seiner Majestät, die mit ihm in seiner selbstherrlichen Welt lebt, in der er als alles überstrahlendes Zentrum regiert
Das hat gewisse Vorteile, seine Majestät bleibt seiner Mutter immer besonders verbunden und verpflichtet, denn keine schätzt ihn so wie sie.

Auf der anderen Seite aber lässt die Mutter ihr Kind damit ganz unvorbereitet ins Messer laufen, wenn es nach draußen gehen will, um mit anderen Kontakt aufzunehmen. Vielleicht will sie das, unbewusst, denn die Erfahrungen draußen werden es nach Hause zurücktreiben.

Ein Kaiser von China geht niemals nach draußen, dort trifft er auf andere Kaiser oder Nicht-Kaiser, die ihm nicht huldigen, und das ist doppelt schmerzlich und sehr schwer zu akzeptieren, wenn er es schon in einem gewissen, nicht mehr so formbaren Alter erlebt. Zu spät, zu spät!

Aus diesen Gründen, die Renate als Erwachsene sehr wohl kennt und spürt, muss sie die Kraft finden, ihr wonniges, sonniges Kind aus seiner egomanen Blumenwelt zu reißen und es zu einem Mitglied der Gesellschaft zu erziehen.

Es muss von seinem Thron heruntersteigen und mit den anderen im Stuhlkreis Platz nehmen, nicht höher, nicht niedriger als die anderen, gerade nur gleich. Das muss das Kind ertragen lernen: eines unter Gleichen zu sein und doch immer besser sein zu wollen als die anderen, denn dass er einmal der Kaiser von China war, das wird er sein Leben lang nicht vergessen.

"Kind, leider muss ich dich bestrafen, leider muss ich dir zuliebe in der Strafe strikt und konsequent sein, dir zuliebe, auch wenn du es mir nicht glaubst. Nein, die Hand küssen, die dich straft, musst du nicht mehr. Schrei ruhig, schrei heraus, wie ungerecht du die Welt mit deiner Mutter darin findest! Ich verstehe auch, dass du mir im Moment nicht dankbar sein kannst. Ich warte gerne ein paar Jahrzehnte."

Lob der Stille

Solange man noch alleine lebt, liebt man es, sich mit Lärm zu umgeben, in Form von Musik oder Fernsehen. Man möchte umringt sein von menschlichen Geräuschen, von Menschen in Geräuschform, sozusagen, damit man sich nicht alleine fühlt, sondern akustisch umrauscht ist von der Großfamilie, in seinem schicken, weißen, leeren Apartment.

Hat man dann Nachwuchs, ist das nicht mehr nötig, für einen sehr vernehmlichen Geräuschpegel ist von nun an gesorgt. Jetzt ringen wir darum, die sonstigen Geräusche in seiner Umgebung möglichst niedrig zu halten, einmal um unser Kind immer hören zu können, aber auch, weil die Ohren müde sind.
Das Weinen, der Zorn, die Freude, die Müdigkeit, alles ist laut bei einem Kind. Wenn es aber ganz still ist und keinen Mucks von sich gibt, wird die Mutter blass vor Entsetzen, denn es verheimlicht etwas, was der Mutter sogar nach Einschätzung des Kindes nicht gefallen kann.
Das Gehör der Mutter ist immer gespannt und lauscht auf alle Lebenszeichen des Kindes, begleitet es mit einem unsichtbaren Radarschirm in alle Ecken, um plötzlich aufzutreten, wenn das Kind dem Radarradius entwischt.

Wenn das Kind irgendwann wirklich gebadet, gesättigt, besungen und eingeschlafen ist, fällt die Mutter in einen

Sessel: "Ufff!"

Dann plötzlich, in diesen ersten Minuten, lauscht sie noch immer in diese unsagbare Stille hinaus, noch ganz aufs Lauschen eingestellt, noch immer halb dem Gehör folgend, dass das Kind durch die Wohnung verfolgt hat am akustischen Gängelband, leider ohne Zugmöglichkeiten. Sie horcht hinein in die Wohnung, doch sie hört gar nichts, und dieses Nichts ist erstaunlich gegenwärtig, fast möchte ich sagen, laut, es tönt, es hallt, angenehm und dick, man kann ihm mit Vergnügen lauschen, sogar mit Spannung: ob es weiter anhält? Es ist wie eine dicke weiche Decke, aus Daunen oder Schnee, die einen zum Frieden kommen lässt. Das angestrengte Lauschen lässt allmählich nach, der Radius wird immer kleiner, bis es zuletzt bei sich selber einkehrt, das Draußen nun sich selbst überlässt, es allein lässt und sich nun nach innen kehrt und dort lauscht, auf den Frieden, der einzieht. Nichts mehr zu tun, loslassen, die Kräfte dürfen baumeln. Sie lässt sich fallen, in den gesagten Sessel, möglichst tief.

Plötzlich hört sie die Stille. Vielleicht hat sie sogar eine Melodie, aber sie hört nur Weiß auf Weiß. Vielleicht die Abstrahlung einer eigenen Melodie, eine Spiegelung, eine Ahnung, aber unerhört schön. Still in still, weiß in weiß, blass auf blass. Unsäglich, überirdisch und balsamisch. Dann sitzen wir da, gebannt, in der Oase der Stille und spüren die Ewigkeit des Augenblicks. Kommt da jemand und stört, bemerken wir, dass es doch nur ein Augenblick war, ein unendlich schöner.

Die Gedanken, die den ganzen Tag über um das Kind gekreist sind, lösen sich nun von ihm, lassen es ruhig schlafen, lassen es hinübergleiten in eine andere Welt, für die wir nicht mehr verantwortlich sind, und kommen zurück zu dir selber.

Ruhen eine Weile wie betäubt, lassen alles Geschehen des Tages verebben, die kleinen Unfälle, heftigen Attacken, abgewehrten Wünsche, schönen kleinen Dialoge, die vielen Küsse und große Liebe, alles sinkt nach unten in die Schatztruhe der Erinnerung, du tauchst auf aus dieser nun schon versunkenen Tageswelt und findest wieder zu dir selbst.

Es braucht eine Weile, ein bisschen mehr als eine Viertelstunde, bis du dich wieder spürst, die eigenen Gedanken, Gefühle, Bedürfnisse, die den Tag über nicht im Mittelpunkt gestanden haben, sondern ganz außen, am Rande haben sie gewartet.

Das Ich wacht auf, für eine kurze Zeitspanne, du liest ein Buch, bemalst dir die Fingernägel, spielst Klavier, wässerst den Garten, spürst den Rasen unter den Füßen, die Nässe am Knie, nimmst wieder den eigenen Schwerpunkt im Ich wahr, nicht elliptisch mit einem Zentrum hier und dem anderen im Kind.

Du reckst dich, seufzt ein wenig, am Abend des Tages wieder bei dir angekommen, vermagst es vielleicht sogar noch, dich für die Außenwelt zu öffnen, die Tageserlebnisse des Mannes, Nachrichten, lokale oder gar internationale, aber eigentlich kostet es große Anstrengung, sich nach außen zu öffnen.

Endlich gehst du dann ins Bett, rechtschaffen müde,

nachdem du dich vergewissert hast, dass auch das Kind gut schläft. Du kannst es nicht lassen. Das elliptische Dasein.

Welchen Geschmack hat eine Mutter?

Woran erkennt man Mütter von kleinen Kindern? An ausgewachsenen Haarfrisuren, sehr bequemer Kleidung, den Modefarben des vorvorletzten Jahres, dieses Jahr einkaufen zu gehen hatte sie keine Zeit, auch letztes Jahr nicht.
Kein Anspruch mehr auf Chic und einen gewissen gehetzten Ausdruck im Gesicht, als ob sie ständig durch irgendein sportliches Training überfordert wäre. Sie hat Wichtigeres zu tun, sie ist im Überlebenstraining, für Äußerlichkeiten hat sie keine Zeit mehr.

Wenn man ein Kaufhaus betritt und zuerst in die Kinderkleiderabteilung geht, um dort seinen Einkaufsrausch zu erleben und danach nur noch wenig Interesse aufbringen kann, um auch der Teenie- oder Damenabteilung noch einen Besuch abzustatten, daran merkt man, dass man sich verändert hat.

Wenn man seine Hard-Rock-Scheiben ganz nach hinten stellt und stattdessen heimlich, wenn niemand zuhört außer dem Kind, zu den Beach-Boys greift, wenn man Schostakovitsch und Mahler aussortiert und stattdessen verstärkt Mozart und Vivaldi kauft, dann weiß man, man hat angefangen, sich zu verändern. Freiwillig?

Wenn man bei heiklen Stilfragen der Wohnungseinrichtung, früher ein lustvolles, abendfüllendes Thema mit philosophischen Aspekten, dann nur noch schmutzige Kinderhände vor der Optik hat („Nur kein Weiß, ich bitte euch, nur kein Weiß!") oder mögliche Unfälle, prüft man sich erstaunt: "Bin das immer noch ich?"

Wenn man über dem Kommentar in der Zeitung, der einen früher immer elektrisiert hat, einschläft, beginnt man sich zu fragen, wo ist das alte Ich geblieben? Steckt das irgendwo im Kühlschrank? Kriegen wir das noch mal zu sehen, oder gibt es das gar nicht mehr?

Man ist ständig erschöpft, und das wirkt sich darauf aus, was man von der Kunst für sich erwartet: Beruhigung und Trost, auch Schönheit, Wiederherstellung der Kräfte, bitte, bitte! Nicht mehr Herausforderung, keine Irritation mehr, nein, neue Denkanstöße nicht mehr nötig, wir haben schon blaue Flecke davon.
Man wird bieder, verliert den Biss, balanciert am Rande zum Kitsch.
Man nimmt Warner Brother Family Entertainment plötzlich wahr, das man früher aus seinem Leben ausgeklammert hatte. Soft, seicht, schmerzlos. Ein Zeitvertreiber und Gemütsberuhiger. Auch das kann Kunst.

Bei der Erörterung von lohnenden Urlaubszielen ist man ganz draußen. Man erwägt ernsthaft den Besuch eines

„Robinson-Clubs"! Oder stellt sich vor, am Strand, in einem dieser Massenhotels, seinen ganzen kostbaren Urlaub zu verbringen! Weil es dort einen *swimming pool* gibt, genau die richtige Tiefe, verstehst du? Das verstehen nur Familien mit Kindern.

Die intellektuellen und kulturellen Ansprüche welken dahin, werden trockengelegt und kommen hinten ins Regal, zusammen mit den dicken Büchern und der anspruchsvollen Musik und den „guten" Filmen, man hat nun andere Dinge im Kopf.

Der plötzliche intellektuelle Fall nach der Elternwerdung, man kann ihn einfach erklären: plötzlich steht dir nur noch die Hälfte der Energie zur Verfügung, die du vorher hattest, die andere Hälfte bekommt das Kind. Intellektuell, emotional und organisatorisch. Die Birne strahlt nur noch mit der halben Wattzahl.

Also versuchst du erst einmal mit der übriggebliebenen Energie, die wenige, die du noch hast zum Überleben, den Alltag zu bewältigen, denn dieser verwandelt sich jetzt in einen Dschungel, ohne Wege, ohne Lichtungen, bedrohlich und unübersichtlich.

Ein harmloser Besuch im Schwimmbad erfordert einen organisatorischen Aufwand wie früher ein Koffer für eine Woche Sylt. Mutter zum Friseur gehen wollen, gleicht einer Gefangenenbefreiung im Film. Ein einfacher Zwischendurch-Einkauf kann einen ganzen Nachmittag in Anspruch nehmen, ein paar dramatische Theaterszenen, die wirklich nur in Supermärkten aufgeführt werden können, bauen wir noch ganz kostenlos ein. Und dabei strahlen wir doch schon nur

halbschwach!
Also setzt du deine Energie darein, deinen Alltag so
einfach wie möglich zu gestalten (auch dazu existieren
kontrastive Lebensentwürfe), energiesparend und
ergebnisorientiert, ohne Chic, Eleganz und Anspruch, nur
noch funktionieren soll es, bitte, glatt und leise. Doch,
vielleicht, wenn wir uns doch etwas wünschen könnten,
liebe Fee, so lass es wenigstens ein ganz klein bisschen
lustig sein, ja?

Die, die die ganze Szenerie betrachten von außen, sehen
einen zivilisatorischen Abstieg. Das ist die Epoche der
Plastikbecher in schreienden Farben, Plastikdecken und
ebensolchen Lätzchen, der Küchenhandtücher statt
Servietten, der vollgekleckerten T-Shirts in S und XXL,
die nicht gewechselt werden, weil sie nur vier Flecken
haben. Der vollgemalten und handsignierten Wände, der
Kinderkassetten als Hausmusik, der geköpften Blumen
und getränkten Bücher....Aber dafür hat man nun eben
ein bis mehrere Kinder, alles Originale, hausgemacht, mit
Stammbaum!

Die kinderlosen Freunde sehen ungläubig, was so von
euch übrigbleibt nach einem Tag mit Kind, es passt in
eine hohle Hand. Jeden Tag kämpft ihr darum, dass es
mehr werde, aber die Sparerfolge stellen sich nur sehr
zäh ein. Was euch aufrecht hält, ist die Illusion, dass es
nach vorne geht und nur besser werden kann.

Die Freunde leben weiter in diesem bequemen
bürgerlichen Zeitalter, in dem wir einst auch gelebt
haben. Wo sie sich selbst am nächsten sind und sehr

liebevoll auf die eigenen und die anderen Bedürfnisse eingehen, das eigene Wohlergehen auf hohem zivilisatorischen Niveau im Mittelpunkt stellend. Wie weit entfernt ist das! Das können wir uns nur noch einmal im Jahr vorstellen, wenn die Großeltern zum Geburtstag mal die Kinder für einen ganzen Tag nehmen.

Ansonsten ist der Mittelpunkt unserer Tage nun ganz eindeutig nicht mehr wir selber. Wir leben jetzt unter anderen Gesetzen, wir müssen überleben, bis die Sonne untergeht.

Wir, die frischgekürten Eltern, sind plötzlich in eine Zeit des Krieges gerutscht, wo man sehr elementar und wesentlich wird, sich sehr ernsthaft um die Nahrung Gedanken macht, und um die Sicherheit, sich auf nichts verlassen kann, alles selbst durchdenken muss. Man fühlt sich wie ein Pionier in einem fremden Land, unter ungeheurer Verantwortung, für ein hilfloses, noch nicht genügend akklimatisiertes Wesen.

Eigentlich sind wir nur beschäftigt, den Tag bis zum Abend ohne größeres Malheur zu bestehen, in dieser feindlichen Umgebung, der Horizont reicht gerade mal bis zum Sonnenuntergang. Ruhig bleiben und nicht schreien, weinen auch nicht, nicht die Nachbarn erschrecken, und keine Besuche in der Notaufnahme heute! Mehr wollen wir eigentlich nicht für diesen Tag.

Die Kinderlosen stehen genervt und baff daneben. Das darf doch nicht wahr sein! Und jedes Mal dieser klobige Kinderwagen! Und das Fläschchen wärmen, bevor man für sich selbst bestellt! Und unser elegantes

Geburtstagsgeschenk hätte sie wirklich nicht in die Tüte mit den Keksen stecken sollen! Und nur in Restaurants mit Spielwiese oder Klettergerüst, egal, wie das Essen schmeckt? Das ist ja kein Leben mehr. Das ist Erniedrigung! Hörigkeit! Sklaverei! Die merken schon gar nicht mehr, wie viel sie aufgegeben haben für ihren Sprössling!
Und schaut ihn euch doch mal genau an: ist der's wert?

So viel Strom ist noch da, um die Nachlese des Tages durchzuhalten, dann sind die Batterien endgültig leer, das Licht geht aus und kurz nach dem Kind liegen auch die Erzeuger im Bett, in traumlosem Schlaf, aber hoffentlich einer Meinung.
So erschöpft waren sie früher nicht, nicht mal bei der letzten Hüttentour in der Schweiz, bevor das Kind kam.

Wen erziehen wir zuerst?

Ja, ja, die kleinen Laster! Noch eine Schokolade vor dem Essen, eigentlich können wir das Essen dann auch ausfallen lassen, oder? Und das Rauchen. Und Snickers, Hanuta. Die Sprite, die Cola. Weiße Brötchen statt dunkler. Den Sekt zum Frühstück. Findet man nicht gut, aber man genießt es aus vollem Herzen, ja.
Bis man einen anderen sieht, einen ganz Kleinen, der einen mit großen erstaunten und neugierigen Augen ansieht und genau das Gleiche auch haben will. Dabei sollte er doch besser... ja, das sollte er. Aber dann müsste

ich ihm das erst einmal vormachen.

Nun stehst du an einer Weggabelung, du kannst dich entscheiden, wie du es machen willst.
Den schwierigsten Weg, von deinem Kind zu verlangen, was du offensichtlich selber nicht tust, lassen wir schon mal weg.
Der mittlere Weg besteht darin, die eigene Regelübertretung auf die Zeit zu verschieben, wenn das Kind schläft. Sieht etwas albern aus: Ihr sitzt vor dem Fernseher, auf Teufel komm raus Schokolade und Sprite verputzend. Und wehe, euer Kind hat noch Durst und platzt in die Orgie, so 10 nach 8! Aber es braucht gar nicht hereinzuschneien, ihr werdet euch schon vorher schlecht fühlen.

Wenn ihr ehrlich sein wollt, müsst ihr den für euch selbst härtesten Weg gehen, der für die Erziehung aber der einfachste ist: euch selbst erziehen, bevor ihr das Kind erzieht. Durchs Beispiel als Vorbild wirken. Oder eure Laster mit ihm teilen, ja.

Also keine Snickers mehr, keine Wattebrötchen, keinen Champagner zum Frühstück. Macht sich auch schlecht, mit Schwips in die Notaufnahme. Ihr werdet puritanisch, denn diese Gewohnheiten bekommen plötzlich eine ungeahnte Bedeutsamkeit. Mit dem, was ihr tut, erzieht ihr die gesamte Familie, den Ehemann sowieso, die Kinder, jedes einzelne, vielleicht sogar ihre zukünftigen Familien.

Du fühlst dich wie eine Gallionsfigur und musst jetzt

ziemlich aufpassen, jede Geste wird symbolträchtig, wird von allen Familienmitgliedern registriert und kann noch nach Wochen in einer Diskussion gegen dich verwendet werden. „Doch, vor zwei Wochen, da hast du auch das Messer in den Mund gesteckt! Hab´s genau gesehen. Stimmt´s, Max?"
Als ob zwei falsche Zeugen etwas wahr machten!

Ja, die Tischmanieren, die gehören auch hierher. Natürlich weißt du, wie man sich benimmt bei Tisch. Aber manchmal, wenn es so richtig gemütlich ist, dann lässt man sie auch mal unter den Tisch fallen, damit es noch gemütlicher wird. Füße auf den Stuhl, schmatzen, die Wurst mit den Fingern fischen, mit vollem Mund antworten.
Das Schöne ist ja, wenn man es sich aussuchen kann, ob man die Tischmanieren befolgen möchte oder nicht.

Außer man wird dabei von kleinen Teleskopaugen verfolgt, die sich alles merken, denen nichts entgeht. Da wird das Zentimetermaß geholt, um zu sehen, ob der Bruder seine Ellenbogen auf dem Tisch hat oder nicht. Die Eltern müssen die Regeln 150% einhalten, damit sie so 75% bei den Sprösslingen erwarten dürfen. Die Kinder sind respektvoll, sie lassen den Eltern immer noch einen Vorsprung.

Das Essen, das Benehmen, das Telefonieren, alles bekommt einen offiziellen Charakter, so als ob es morgen gedruckt in der Zeitung stünde. Diese Vorsicht wird einem zur zweiten Natur. Natürlich steht es morgen nicht in der Zeitung, aber es steht von nun an in den Köpfen der Kinder geschrieben, es ist nun ihr Verhaltensmuster, das sie nach draußen vertreten, das sie draußen verteidigen und in fremden Häusern sogar vorführen. Zu Hause macht es mehr Spaß zu streiten und die Contra-Rolle einzunehmen, sonst ist ja nichts los.

Eine andere einschneidende Veränderung sind die politisch korrekten Äußerungen, die ihr euch mit der Zeit angewöhnt. Kinder sind durchlässig. Alles, was ihr so von euch gebt, kann morgen in vergröberter Form bei den Nachbarn in der Küche präsentiert werden, von eurem Kind. Also aufgepasst. Auch entfernt lebenden Freunden kann bei gegebener Gelegenheit, einem Besuch etwa, aus lachendem Kindermund eure verzerrte Meinung über sie serviert bekommen. So hütet eure Zunge! Hebt euch das Lästern bis nach acht auf! Bitte lächeln! Uhuhu!!
Oder wenn man es gar nicht lassen kann, entwickelt man eine Art Geheimsprache, wie früher in den Zeiten der Zensur, wobei man mit Blicken und Pausen das Wesentliche mitteilt. Zwischen Müttern sehr beliebt, beim offiziellen Kaffeetrinken mit Kinderkakao. Beredtes Schweigen, vielsagende Blicke. Gut geeignet, wenn beide wissen, wovon sie sprechen.
„Das hat sie seeeehr gut gemacht, nicht?"
„Ja, eigentlich unglaublich, oder?"
„Ja, das sagt Bettina auch."
„Ach ja? Na, die muss es wissen, niicht?"
Solche Gespräche, wenn man sich erst einmal an die Vorsichtsmaßnahmen gewöhnt hat, können sehr vergnüglich sein. Aber diese Art der Dialogführung wird einem mit der Zeit zur zweiten Natur, bald kann man gar

nicht mehr anders. Es hört sich fast an wie bei den Politikern im Fernsehen, nur sehr Eingeweihte wissen, was da wirklich im Hintergrund an Gefühlen brodelt.

Man äußert sich politisch korrekt: faktenbezogen, sparsam in Bewertungen, ideologisch neutral, immer Pro und Contra, nicht gleichzeitig, obwohl das ideal wäre, sondern nacheinander natürlich. Verbal austoben darf man sich nur beim Loben, alles andere muss gebremst vonstattengehen. Und Kinderlein, habt ihr auch fein zugehört, wie eure Mutter wieder einmal ein Bravourstück in *political correctness* hingelegt hat, für euch, wohlgemerkt?
Hat man das Warum und Weswegen einer solchen Entwicklung nicht mitgemacht, kommt einem dieses Gebaren unecht, bösartig, unehrlich, verlogen und süßlich vor.
Tja, so ist es eben. Und das ist nun unsere zweite Natur geworden. Political correct. Bürgerliche Verlogenheit? – Oder ein notwendiges Gruppenverhalten?

Wobei wir uns nichts vorzumachen brauchen, die Kinder können sehr gut zwischen den Zeilen lesen. Auch wenn wir mit unserer wahren Meinung nicht herausrücken, den Kindern nicht in aller Breite zeigen, was wir lieben und was wir hassen. Sie wissen es sowieso.
Da sitzen sie auf den Treppenstufen vor dem Haus im abendlichen Sonnenschein und erklären ihren Freunden mit erstaunlichem verbalen Aufwand, Gestik und einigen innerhalb des Hauses verbotenen Wörtern, was sie von der amerikanischen Außenpolitik oder noch grundsätzlicheren Themen halten. "Meine Güte! Hast du

etwa irgendwann einmal...?" "Also ich war's nicht, mein Schatz, ich hab' aufgepasst."
Die eigentliche Botschaft ist doch angekommen. Sie hören es raus.

Aber trotzdem müssen wir diese Vorsichtsmaßnahmen weiter befolgen, so lernen sie, dass wir die Gewalt der Worte kennen. Außerdem, Kind, soll man sein Herz nicht auf der Zunge tragen: Höflichkeit und Zurückhaltung werde ich dir vormachen.
Zwischen den Zeilen verstandene Nachrichten werden auch nicht als Meinung der Eltern verbreitet, sondern meistens als eigene, sehr reife.
Denn sie glauben, dass nur ihr Scharfsinn die verborgene Bedeutung hat erschließen können.

Die Fleckensuchbrille

Es gibt verschiedene Wege, ein Kind zu erziehen. Die eleganteste Art der Erziehung ist die indirekte: die Erziehung durchs Vorbild. Aber es ist auch die Erziehungsweise, die die Mutter am meisten anstrengt.
Denn sie muss sich ja nicht nur in ein Wesen transformieren, das die selbst aufgestellten Regeln auch beispielhaft befolgt, nein, sie muss sie auch immer befolgen, ohne Ausnahme, sie darf sich keine Blöße geben, im Rahmen des Möglichen. Das grenzt an Überforderung. Es macht einen zu einem pedantischen

Wesen, ständig gejagt von der Furcht, irgendwo wieder versagt zu haben (nur zu natürlich, niemand ist perfekt!).

Das Denken und die Wahrnehmung wird besetzt von lose herumliegenden Strümpfen, Marmeladeflecken, Batterien, Radiergummis am falschen Ort, einsamen Filzstiftkappen (ein Trauma!), alten Bananenschalen, unzählig vielen Trinkbechern und falsch platzierten Sofakissen.
Wenn wir wollen, dass die Kinder Ordnung halten (und wir wollen das doch, nicht?), dann müssen wir damit anfangen und ihnen zeigen, dass wir, für unseren Teil, Ordnung halten können. Und wenn wir das nie konnten, müssen wir es spätestens jetzt lernen, ansatzweise. Und eines Tages, so die Theorie, wird uns das gar nicht mehr schwerfallen, und auch sie werden unserem Beispiel folgen und mit uns Ordnung halten, ganz von selbst und dann werden wir nur noch die Hälfte der Arbeit haben.

Aber bis dahin... besteht die eine Hälfte der Arbeit darin, alle verlorenen Schäfchen, die im Laufe des Tages durch die Wohnung irren, an ihren Platz zurückzubringen. Eine Aufgabe, die nie aufhört, denn immer sind wieder welche am Laufen, die schlafen nie, diese Schäfchen, sogar des Nachts... es ist ein bisschen wie ein dreidimensionales Memory, was in der Tat ein enormes Gedächtnis verlangt und eine völlige Vertrautheit mit diesem bisschen Wohnung erfordert.
Werden wir es auch diesen Tag wieder schaffen, bis zum Abend alles an seinen Platz zu stellen? Die Guten ins Töpfchen, die Schlechten ins Kröpfchen, eine sinnlose Fleißaufgabe. Eine riesige Aufräumarbeit jeden Tag,

bereitet von ein paar kleinen Zwergen, bösartigen Gnomen, ein großer ist auch dabei, wie eine Prüfungsarbeit, und am Abend dürfen wir auf den Ball, wenn wir es wieder geschafft haben. - Leider nicht, das Kleid ist nicht gebügelt, und der Prinz ist vor dem Fernseher eingeschlafen.

Das Hässliche und Unerträgliche daran ist, dass man diesen Socken-Dreck-und-schmutziges-Geschirr-Such-blick nicht mehr los wird. Nicht mal am Abend. Es besetzt einem das Denken, es besetzt einem das Sehen, wie eine dunkle Brille mit schwarzen Flecken, es zwingt dazu, immer wieder durch sie hindurchzuschauen, die Socken und Tassen nicht loszulassen, bis sie aufgeräumt sind, bis die Augen zugehen. Sobald die Augen wieder geöffnet sind, ist er wieder da, dieser fixierte Blick, er sieht und setzt uns in Bewegung, um irgendetwas wegzuräumen...
Wir sind die Sklaven der deplatzierten Gegenstände, statt umgekehrt. Sie jagen uns durch die Wohnung, foppen uns, äffen uns nach.
„Hehe, unterm Sofa hast du schon lange nicht mehr geschaut!!"

Das tun wir so effektiv, dass auch alle anderen Hausbewohner anfangen, uns nach ihren Sachen zu fragen. "Wo ist denn mein gelber Socken mit dem Loch? Und mein Brot von gestern?"
Böse Falle, jetzt müssen wir auch noch nach bereits aufgeräumten Gegenständen suchen, was wiederum verhindert, dass die anderen Hausbewohner sich endlich einmal selber einprägen, wo ungefähr was verstaut ist.

Ist ja so einfach, die Mutter zu fragen. Die weiß das ja immer. Dass sie eigentlich gar nicht Lagerverwalter werden wollte, früher, und es auch jetzt noch nicht will, bemerkt niemand. Denn eigentlich ist Ordnung ihre Sache ja nicht, also muss sie sich mächtig anstrengen, dass sie so gegen den Strich ihrer eigentlichen Talente mehr oder weniger die Übersicht behält.

Aber ewig kann diese Lagertätigkeit nicht fortgesetzt werden. Man nimmt nichts anderes mehr wahr, keine Witze mehr, nicht das Wetter draußen, mit sturem Fehlersuchblick ortet man Krümel, alte Zeitschriften und Flecken an der Wand. Bei sich, bei anderen, überall, das kann so nicht weitergehen.
Das ist wie eine Krankheit, eine unerträgliche Verengung des Blickfeldes. Operativ nicht zu entfernen.

Man sitzt vor dem Fernseher, doch, der Film ist eigentlich gut, aber magisch wird das Auge angezogen von einer verirrten Filzstiftkappe, die jetzt sofort ihr Pendant braucht, jetzt. Oder der Socken unterm Sofa oder das Mathebuch der 2. Klasse unterm Kissen. Es gibt immer einen Grund, aufzustehen und zu ordnen, auch wenn man eigentlich schon außer Dienst ist. Aber wenn man jetzt die Filzstiftkappe am Kragen packen kann...
Man kann diesen Drang nicht abschalten, wie ein Automat folgt man den optischen Reizen und gehorcht.
„Hierher, hopp, hopp, einmal aufräumen, aber dalli!"
Und man fühlt in sich das Gespenst seiner Mutter Gestalt annehmen. Das hat sie doch auch immer so gemacht, und nie konnte sie es lassen, nicht mal sonntags abends, beim Krimi!

Langsam, damit man diesen Alpdruck im Laufe der Zeit wieder von sich abschütteln kann, muss man die Hausbewohner anleiten, selber mit dem Ordnen zu beginnen, sobald sie auf zwei Beinen stehen können und ihre Hände dafür frei haben.

Das kostet natürlich wesentlich mehr Zeit und Nerven, als wenn wir es selber machen. Wieder eine böse Falle, in die manche tappen und nie wieder herauskommen. Für immer in den Sockensuchtrupp abkommandiert. Immer für die anderen aufräumen?

Will man sich aber doch einmal davon befreien, muss man irgendwann anfangen und direkt erziehen, auch wenn man abends eigentlich schon müde ist und lieber sein Glas Wein trinken möchte.

„Teller in die Spülmaschine. Tisch abwischen. Kleider in den Wäschekorb. Rand bepinkelt? -Saubermachen! Milch verschüttet? -Lappen rann. Schuhe schmutzig? - Abwaschen. Turnbeutel packen!"

Da wir uns ja selber ziemlich gut gehorchen, wäre das in weniger als einer Minute erledigt. Aber wir wollen ja erziehen und nicht unser Leben lang putzen und hinterherräumen, nicht? Also, Sohnemann und Töchterlein, tu mal.

Während der ganzen Zeit ist man in der Nähe oder unsichtbar, wie das Kind es braucht, kontrolliert, ohne dass es sich kontrolliert fühlt, begleitet den Vorgang aber mit Aufmerksamkeit, positiver, auch wenn's schwer fällt, in der irrigen, aber hilfreichen Annahme, dass das Kind eigentlich nicht trödeln und sabotieren will, und seufzt erleichtert auf, wenn's getan ist.

Eines Tages, eines schönen Tages, wird das ganz von selbst und fast ohne Kontrolle funktionieren, fast ohne Worte, wie von Zauberhand im Zauberland. Dann könnten wir uns wieder anderen Dingen zuwenden, interessanten, vielleicht.

Ein Traum, auf den wir hinarbeiten, jahrelang. Den wir realisieren müssen, damit wir diesen Ordnungskomplex wieder ablegen können, ein bisschen, ganz los werden wir ihn nie wieder.

Wenn die Kinder dann aus dem Haus sind und in ihren eigenen vier Wänden erst einmal die ganze unterdrückte Unordnung ausleben müssen, um sich dann, sobald sie selber Familie haben, wieder an den anerzogenen Ordnungskomplex zu erinnern, der dann überlebensnotwendig wird, dann haben wir es ja eigentlich geschafft, oder?

Dann könnten wir wieder.... Aber dann ist es schon zur zweiten Natur geworden, festgewachsen.

Erlebnisse

Früher waren wir die junge Generation, und auch als wir es nicht mehr waren, als wir schon zu den Zwanzigern gehörten, waren wir noch die Jungen. Alles mussten wir ausprobieren, an allem unser Glück versuchen. Ob die Eisdecke uns trägt? Ob wir´s den Berg schneller

hochschaffen als der Traktor da?
Früher konnten wir keinem Schwimmbad widerstehen, über jeden Bach mussten wir selber hüpfen, jeden Zweig voll Schnee eigenhändig schütteln. Wir wollten alles selber erleben, spüren, riechen, fühlen, schmecken. So nah wie möglich am Leben sein, seinen Atem spüren.

Seit wir Kinder haben, haben wir nicht mehr so viel Neugier, nicht mehr so viel Kraft, nicht mehr so viel spontane Energie, wir wissen, der Tag ist noch lang, am Ende wartet unweigerlich das Abendessen, das gemacht sein will, und die Gutenachtprozedur. Die Erziehung Stund um Stund kostet Kraft. Immer „Nein" zu sagen oder immer die gleichen Regeln gleichmütig-gleichmäßig durchzusetzen, kostet sehr, sehr viel Energie. Ein Wutanfall ist viel billiger. Aber wir sind ja modern.

Also sparen wir unsere Kraft, wo wir können, wir schonen uns, um den Rest des Tages noch gut zu bestehen. Wir müssen nicht mehr reinspringen, wenn wir einen *swimming pool* sehen, nein, wir können draußen sitzen bleiben, wenn das Kind groß genug ist, und zufrieden damit sein.
Stattdessen beobachten wir unser Kind, wie es taucht und schwimmt und jauchzt und das Wasser abschüttelt. Das Kind liebt es, wenn wir ihm zuschauen. Mit der Zeit entdecken wir, dass wir ihm wirklich gerne zuschauen, denn es ist so, als ob wir selber dort im Wasser spielten. Wir spüren die Wassertropfen auf unserer Haut, mit dem Kind machen wir jetzt drei große Züge unter Wasser, tauchen auf ins Sonnenlicht mit halbgeschlossenen Augen, wie herrlich, wir wissen genau, wie sich das

anfühlt, springen jetzt auch auf und wischen uns mit den Fäusten das Wasser aus den Augen - ohne uns vom Fleck zu bewegen.

Früher hätten wir uns tödlich gelangweilt, hätte uns jemand aufgefordert, ihm so lange beim Schwimmen zuzuschauen, es hätte auch gar zu verliebt ausgesehen. Schnell wären wir selber ins Wasser nachgesprungen. Aber mit Kindern darf man sich dieser Empathie hingeben, und man tut es auch und ist erstaunt, bis zu welchem Grade man miterleben kann, was das Kind erlebt.

Oder ein Kindergeburtstag. Wenn man nicht zu sehr mit dem Geburtstag selber beschäftigt ist, hat man auch Geburtstag, mit seinem Kind. Bei jedem Geschenk, das es auspackt, erlebt man seine Vorfreude mit, seine Spannung, wenn das Papier auseinandergeht, und das Jauchzen, wenn es die Erwartungen getroffen hat, oder ein höfliches „Danke schön, kann ich gut gebrauchen", wenn nicht.
Die Fähigkeit zur Empathie bringt einer Mutter Glück. Die Kinder können so viel mehr empfinden als wir, und sie geben uns von ihren Gefühlen ab.

Die Schmerzen und das Unglück dagegen werden durch zu viel Empathie unerträglich und unüberwindbar. Da muss man sich dann von der Seele des Kindes lösen und es aus seinem Tal der Trauer herausführen, wie es eben nur Erwachsene können. Wie die Freude des Kindes einen wunderbar erleuchtet, quält einen sein Schmerz wie nichts, was man vorher gekannt hat, nicht einmal der eigene Schmerz ist so stark.

Denn insgeheim fühlt sich die Mutter für alles verantwortlich, was dem Kind passiert. Verletzt es seinen Fuß an einem Stein, fühlt sie sich schuldig und tut sofort alles, was in ihrer Macht steht, um den Schmerz zu lindern, das Kind zu beruhigen und den Stein zu bestrafen.

"Alles geben die Götter ihren Lieblingen im Übermaß, die Schmerzen und die Freuden, ganz."
Natürlich von Goethe.

Das Familienidyll

Wir alle, ob wir nun Kinder haben oder nicht, wissen, wie eine glückliche Familie auszusehen und wie sie sich zu benehmen hat. Wir haben oft genug entsprechende Schilderungen eines „gelungenen Familienwochenendes" angehört, wir wissen, was da erwartet wird.
Das ist nun das Plansoll für die junge Mutter. So muss es sein. Das muss sie irgendwie schaffen.
Kinder, die warm von Sonnenschein, Muttermilch und Hefezopf friedlich miteinander spielen. Zusammen puzzeln gar, oder eine Burg bauen, ein Liedlein singen, einen Kuchen backen. Dann geht die Balkon- oder Haustür auf, herein oder heraus kommt der lachende Papi, der sich zwanglos ins Spiel einfügt. Und schon hüpft die junge Mutter herbei, um die Szene im

Fotoapparat festzuhalten, weil sie gar zu selten ist.

Das muss die junge Mutter schaffen, denkt sie sich und gibt sich Mühe.
Knetet Teig mit den Kleinen, kauft Streusel und macht Zuckerguss, gibt ihnen Förmchen in lustigen Farben. Darf zu guter Letzt am Abend alles alleine zu Ende bringen, samt Zuckerguss, denn die Kleinen haben sich wieder einmal wegen der Förmchen gestritten, so dass sie das ganze Projekt abbrechen musste und lieber mit ihnen auf den Spielplatz gegangen ist.
Aber die Plätzchen wird sie herumreichen und sagen:
„Die haben meine Jungens gestern gebacken".
Erstauntes „Oho" und „Aha" und zwei Mutterpunkte kriegt sie dafür, aber reinbeißen tut man lieber doch nicht.
Damit ist sie aber zufrieden.

Die junge Mutter wird noch so oft enttäuscht werden.
Das Schlimmste ist, dass sie denkt, bei anderen klappt´s (denkt an die denkwürdigen Wochenendberichte!) und bei mir nicht, bei mir gibt es meistens Chaos und Geschrei und Gestreite.
Sie wird die Schuld bei sich suchen und sehr traurig werden, denn sie habe versagt, sagt sie. Der Mann, der fremdes Familienleben ja auch mehr aus den schöngefärbten Berichten der anderen kennt, oder aus seinen vergoldeten Kindheitserinnerungen, wird seinen Senf dazugeben und sie darin bestärken, dass so, wie sie das mache, wirklich nur Gezetere und Rangeleien dabei herauskommen.
(Hier dürfen nun nicht weiterhören: die Familien, die nur

ein ruhiges Kind haben oder aber mehrere Kinder in einem großen Altersabstand, denn die haben Ruhe im Haus.)

Alle Mütter aber mit einem sehr lebendigen Kind oder mehreren in dichtem Altersabstand können weiterhören, es betrifft sie.

Ein Kind an und für sich geht ja keiner Beschäftigung nach, was tut es also den Tag über, was bewegt es, treibt es zur Handlung? „Es spielt."

Was für eine drollige Idee!

Das tut es nur, wenn es sonst wirklich nichts anderes zu tun hat. Seine Aufgabe im täglichen Leben besteht darin, ganz ähnlich wie bei den Erwachsenen, seine Stellung in der kleinen Welt, die ihn umgibt, zu erhalten und auszuweiten. Besonders seine Stellung in der Familie, denn dort verbringt es noch die meiste Zeit.

Im Wettstreit mit seinen Geschwistern mehr von der Mutter zu bekommen als die anderen, das füllt seine Tage, das ist seine Arbeit. Da ist ihm jedes Mittel recht, um diesem Ziel näher zu kommen, schließlich liebt es seine Arbeit. Auch beim Spielen arbeitet es manchmal an seinen Zielen, darum spielen Kinder so selten selbstvergessen, denn dann arbeiten sie nicht.

Beliebt ist es, sich verletzt oder beleidigt zu geben, als das Opfer dazustehen, traurig zu sein oder gar zu weinen. Man muss das natürlich realistisch darstellen, es muss eine Situation geschaffen werden, wo man dasteht und heult und alles muss so aussehen, als sei es einem nur gerade so passiert, ohne dass man da seine Fingerchen im

Spiele gehabt hätte. Es ist die Waffe der Schwächeren. Sehr beliebt, aber gar nicht so einfach zu handhaben, erfordert Phantasie, Schauspielerei, Grundkenntnisse der fortgeschrittenen Psychologie und mittelfristig strategisches Denken.

Eine solche Szenerie aufzubauen, kann manchmal eine halbe Stunde dauern. Wirkt aber fast immer, gegen Tränen sind Mütter machtlos, der, der weint, ist immer im Recht. Tränen sind fast besser als blaue Flecken, ideal sind blaue Flecken und Tränen, aber die muss man sich erst einmal irgendwoher besorgen.

Die süßen Kleinen wissen genau, wie das geht!

Der Kämpfer, der Starke, wird einen anderen Weg gehen, meistens nicht so erfolgreich. Sein Weg führt über Hänseln, Streiten und Kämpfen, um die Minderwertigkeit des anderen diesem und der Mutter zu beweisen. Leider zeigt eine solche Szenerie seinen Charakter in einem schlechten Licht: rauflustig, erbarmungslos, unsozial, es schreit nach Sanktionen. Und er erzeugt meistens Opfer s.o.

Aber manche Charaktere können keinen anderen Weg gehen. Meistens lernen sie im Laufe ihrer Fehden aber, sich in besseres Licht zu setzen: sie sorgen dafür, dass sie provoziert werden, sie piesacken, quälen, um dann mit dem Recht auf ihrer Seite zuzuschlagen.

Es ist wie im modernen Krieg, es muss gut aussehen und von der Öffentlichkeit als eine Aggression angesehen werden, die berechtigt ist und durchgeführt werden muss, zum Wohle aller.

Beide Wege sind gangbar und werden täglich begangen, es scheint nichts Schöneres zu geben für Kinder. Wie die kleinen Löwenjungen, die sich vor der Höhle balgen, wenn sie nicht gerade essen oder schlafen. Das scheint ihre Bestimmung zu sein, zu üben für später, Hierarchiekämpfe, Koalitionen, Attacken, Fallen, Scheingefechte, immer das öffentliche Stimmungsbarometer vor Augen.

Die Mutter ist dabei der Schiedsrichter, der Sparringpartner, Couch, Arzt, der *catering service* und der große Preis. Also unverzichtbarer Bestandteil all dieser Rangeleien. Ohne sie geht es gar nicht, weil es meistens um sie geht. Oder um den Vater oder um die Tante auf Besuch oder um den gelben Ball, der eigentlich schon hinüber ist, oder um den Bleistift mit Glitzer.
Worum es gehen soll, darauf einigt sich die Kinderschar schnell, denn nur dann macht es richtig Spaß. Wenn sich die eine Partei um die Mutter bemüht oder um den gelben Ball, die andere Partei aber um die Tante oder um den Glitzerbleistift, dann gibt es ja keinen Konflikt, das fände die Mutter zwar gut, nicht aber die Kinder.

Kinder sind aggressiv und ihre Umwelt macht sie noch aggressiver.

Ein Kind muss so viel Druck aushalten, im Kindergarten, in der Schule, zu Hause, auf der Straße. Immer diese Hierarchiekämpfe und das für jemanden, der sich noch vor ein paar Jahren für den König der Welt hielt.
Jetzt muss es darum kämpfen, dass die anderen ihm überhaupt noch einen Platz in ihrer Welt überlassen. Es muss sich mit den anderen kleinen Mächtigen dieser Welt arrangieren, jeden Tag, jede Stunde, es geht um

nichts anderes. Armer kleiner Mann, arme kleine Frau.

Wenn sie nach Hause kommen, dann finden sie nicht wie wir ein stabiles Paargefüge vor, wo der Mann zur Frau gehört und umgekehrt, nein, kaum sind sie zu Hause, müssen sie schon wieder um ihre Rechte an der Mutter gegen die Geschwister kämpfen, denn der Rang muss jeden Tag neu erobert werden.
Nirgends haben sie Ruhe, nie können sie pausieren und einfach nur sein. Immer und ohne Unterlass müssen sie um ihren Platz in dieser Welt kämpfen.
Dabei wachsen sie noch, verändern sich jeden Tag, müssen sich auch damit noch beschäftigen und geistig verarbeiten, dass sie manchmal aufwachen und plötzlich ein anderer sind.
Ich möchte nicht mehr klein sein.

Ein Kind hat es schwer, und es muss seinen Zorn und seine Angst nach draußen befördern und sie loswerden. Am liebsten an Mama und an den Geschwistern, den Platz dort kann er am schwersten verlieren. Dort kann er gefahrlos den Teufel spielen. Alles loswerden im Wüten, was er den Tag über hat einstecken müssen.
Er hat ja so Recht, einerseits. Andererseits aber kann ihm sowieso niemand helfen. Die Mutter mit seinem Frust zu quälen hat nur Sinn, wenn der Frust so schrecklich ist, dass die Mutter was ändern sollte. Das ist er aber nicht, wie wir wissen und er auch.

Die Mutter ist nicht schuld daran, auch wenn sie das Kind auf die Welt gebracht hat und sich deshalb eigentlich für alles, was danach passiert, verantwortlich

fühlt.
So weit geht die Verantwortung der Mutter aber nicht.
Sobald sie diese Verantwortung ablehnt, wird das Kind
aufhören, sie ihr zuzuschieben. Dann muss es die
Verantwortung für sich selbst, sein Versagen und seine
Enttäuschungen, selber tragen. Langer Weg dahin.

Die Familie ist die große Maschinerie, in der all diese
Gefühle kanalisiert und ausgelebt werden.
Die Familie ist der große Teich, in dem die Gefühle
Wellen schlagen dürfen, um dann zu verebben. Wenn
dann endlich Ruhe eingekehrt ist, könnte man
Familienidyll spielen. Aber die Wasseroberfläche ist nie
lange glatt, dafür haben die Bewohner zu viele sehr
verschiedene Wünsche.

Familienidyll ist das falsche Ziel.
Kein Seerosenteich im Sonnenschein, mit Zierfischen
gar, eher ein unruhiger Karpfenteich mit hohem
Wellengang, obendrein gepeitscht von Regenschauern.

Drama 1 - Das Opfer

Habt ihr das schon einmal gesehen: eine große, schöne
Frau mit langen Schritten, wie aus "pretty woman"
entsprungen; schimmerndes, fließendes Haar, große,
silberne Augen, ein Mund, der ohne Lippenstift
auskommt.
So kommt sie uns auf der Straße entgegen, etwas

gebremst, denn hinter sich zieht sie ein Kind her, etwa sechs Jahre alt, sie mit Verdruss im Gesicht, denn das Kind lässt sich von ihr über den Boden schleifen.

Da dreht plötzlich das Kind den Kopf in unsere Richtung, um endlich auch selbst zu wissen, wohin es geschleift wird. Und es durchfährt uns ein jäher Schreck: dieses Mädchen wird ihrer Mutter nie das Wasser reichen können, es wird nie schön sein, nicht einmal hübsch, denn das kann es nicht.

Wir sehen wieder der Mutter ins Gesicht und deuten nun ihren Verdruss ganz anders, viel tiefer, tragisch. Wie muss die Mutter leiden, wie wird das Mädchen leiden!

Kann die Mutter dieses Kind trotzdem lieben?

Wird das Mädchen neben dieser schönen Mutter verkümmern?

Vielleicht hat die Mutter sogar zwei Mädchen und auch das zweite ist von derselben Art, denn da gibt es so einen Zweig in der Familie ihres Mannes, ein hübscher Mensch übrigens, wo sie eben alle diese kleinen, mausgrauen Augen haben, passend zum struppigen, farblosen Haar, das nur von käsiger Haut kontrastiert wird.

Sie werden nie strahlen, nicht einmal Weihnachten!

Und nun hat sie die beiden Mädchen von dieser Seite der Familie geerbt, vielleicht versucht sie es noch ein drittes Mal, ob das ankommende Kind nun endlich nach ihr gerät.

Was sollen wir ihr wünschen? Dass das dritte endlich so leuchtet wie sie und die beiden anderen unglücklich macht? Oder dass es wieder so aussieht wie die beiden ersten und die Mutter nun endgültig Bescheidenheit lehrt?

Nur gut, dass wir das nicht entscheiden müssen.

Die schöne Frau mit dem hässlichen Kind, die mit ihrem Leben etwas anderes hätte tun können als Kinder aufziehen. Aber nun ist es da, und sie weiß, was von ihr erwartet wird. Alle fragen sich: wird sie es schaffen, die Hälfte ihres Lebens diesem nicht plakattauglichen Kind zu opfern, ohne Bitterkeit? Wird sie das Kind, das ihr so wenig gleicht, lieben lernen?
Oder wird sie halbherzig das Kind aufziehen, mit traurigen Augen, in Gedanken immer bei ihrem verlorenen Leben? Wird sie das Kind unglücklich machen durch ihre Hoffnungen, die es nie erfüllen wird?
Oder ist sie so stark, dass sie dem Kind zuliebe ihre Forderungen ans Leben vergisst?
Sich selbst in einem Kinde zu lieben ist sehr einfach, das andere Wesen in ihm zu lieben dagegen sehr schwer.

Wenige Menschen sind fähig, einen anderen als sich selbst wirklich zu lieben. Und ein Kind, das ihnen fremd ist... Oft lieben sie dann das Bild, was sie sich von dem Kind gemacht haben, aber nicht das Kind selber. Armes Kind, das ein Leben lang diesem Bild folgen wird, nicht seinen eigenen Instinkten. Arme Mutter, die immer, in jedem Moment, auf eine neue Enttäuschung gefasst sein muss!
Manchmal spricht man mit Müttern über ihr Kind und wundert sich sehr, denn das Kind, das sie beschreiben, kennt man gar nicht. Stattdessen kennt man ein anderes, das ihr wiederum unbekannt zu sein scheint.
„Nein, mein Kind tut so etwas nicht!" „Gerade hat es das aber gemacht!" „Nein, nein, das kann nicht mein Kind

gewesen sein."

Das Kind ist ja auch das Produkt der Arbeit, die die Mutter in den langen letzten Jahren, mindestens 16 Stunden am Tag, geleistet hat. Es ist ihr Werk. Hat es Manieren? Mal sehen. Ist es sauber? Schreibt es gute Noten? Aha. Hat es viele Freunde? Kann es auch teilen? Treibt es Sport? Wie steht's mit der Musik? Ruft die Zeugen auf! Danach ziehen wir uns zur Beratung zurück.
Wenn alle diese Punkte und ein paar mehr noch dazu durchgeprüft worden sind, bekommt die Mutter ihre Note.
Und natürlich will sie eine gute Note haben.

Drama 2 - Die Nachtwächtermutter

Die überdurchschnittlich intelligente, gar akademisch gebildete Frau ist ein komplexer und häufiger Fall, bei 40% Hochschulabsolventen pro Jahr.
Sie hat ihren Mann während des Studiums kennengelernt, oder kurz danach bei der Arbeit, und konnte nicht umhin, ihn zu heiraten. Er arbeitet nun in ihrem gemeinsamen Beruf, bei *einem* Gehalt, sie hütet die Kinder, ohne Gehalt. Was sie hätte werden können, opfert sie den Kindern, um sie standesgemäß großzuziehen.
Also, denkt sie, muss ich meine Kinder so sorgfältig erziehen, dass sie das beruflich erreichen, was ich nicht

habe erreichen können.
Nennt man das nicht Tradition?

Aber Erziehung ist genau das Gegenteil von dem, was die Gesellschaft als Arbeit akzeptiert.
Bei einer Arbeit muss man zupacken, sein Soll erfüllen, sich durchsetzen, soviel Energie hineinstecken, wie man hat, und kämpfen, bis man am Abend zufrieden und müde nach Hause gehen darf.
Die Mutter darf zunächst einmal nie nach Hause gehen.
Sie ist immer schon da.
Zähneputzen, Aufräumen, Hausaufgaben, Essen, nicht Schlürfen, Guten-Tag-Sagen. Das sind die elementaren Dinge, die auch eine Mutter ohne höhere Schulbildung formulieren kann.

Dann aber, wenn das Akademische gefragt ist, da gerade muss sie sich ganz dumm stellen.
Sie darf dem Kind nicht die Schulaufgaben machen, nicht zu den Sport- und Musikstunden an seiner Stelle gehen, obwohl sie es liebend gerne täte. Sie darf dem Kind nicht die Hand führen beim Malen, Schönschreiben und Aufsatz, obwohl sie genau darin immer geglänzt hat und gerne wieder glänzen möchte. Sie darf dem Kind nicht seine Freundschaften organisieren, obwohl sie gerade dafür ein feines psychologisches Gespür hat. Sie darf dem Kind auch nicht seine Lieblingsspeisen vorschreiben.
Davon muss sie die Finger lassen.

Sie darf nur zuschauen. Sie muss ihm sogar die Freiheit lassen, aus lauter Trotz alles anders zu machen, als sie es täte. Schweigend und lächelnd.

Das ist schwer. Sie könnte das doch alles so viel besser und schneller als das Kind, aber sie darf sich nicht einmischen, sie muss das Kind werden lassen, es ist sein Leben.

Wozu bin ich eigentlich da? , fragt sie sich da öfters.

Sie muss zu Hause bleiben, falls das Kind sie braucht, höchstens noch den Chauffeur und die Kellnerin spielen darf sie. Muss jede kleine Anstrengung loben und sich nicht die Zunge verbrennen mit ätzender Kritik, die ihr natürlich immer auf der Zunge liegt, kritisch und fähig, wie sie nun mal ist.

Sie spielt den Nachtwächter über der Entwicklung ihres Kindes. Es bemerkt ihre Anwesenheit fast nicht. Es merkt nichts von ihren vielen Sorgen, die sie sich über es macht.

Trauriges Los für eine gebildete Frau. Leistung nicht gefragt. Sondern Ausharren, Geduld, Warten, Dasein, Selbstbeherrschung, Stoizismus. Ein vegetatives Dasein. Bitte gießen.

Ein langweiliger Langzeitjob, den man nicht einmal kündigen kann.

Je älter das Kind wird, desto weniger braucht es die Mutter. So soll es sein, wir wollen die Kinder so erziehen, dass sie am Ende ihrer Schullaufbahn auf eigenen Beinen stehen können.

Fähig sind, den Wecker zu stellen, mindestens ein Rührei hinkriegen und das Duschen von selbst nicht vergessen.

Wir müssen uns im Lauf der Jahre selber überflüssig machen.

Deshalb ist die Mutter immer irgendwie da, halbbeschäftigt, so dass sie weiß, was im Hause vorgeht, unauffällige Fürsorge. Sie muss anwesend sein, aber unaufdringlich anwesend, damit das Kind die Illusion hat, frei zu sein. Wie ein Geist etwa, so muss sie durchs Haus schweben. Was tut sie also, um doch beschäftigt zu wirken?

Putzen und Kochen ist ideal, da sind nur die Hände beschäftigt, auch Gartenarbeit, Nähen und Pinseln lassen sich von Geisterhand erledigen, während der Geist über dem Kind wacht, ohne dass es etwas merkt.

Aber wehe, wenn die Mutter ernsthaft arbeiten will und ihren Geist einspannen möchte, ungestört und intensiv, wie es ihrer Vorstellung von Arbeit entspricht. Etwa gar die Tür hinter sich zuzieht, um sich in Abgeschiedenheit und Ruhe konzentrieren zu können.

Dann ist es so, als wäre sie nicht da. Sehr bald wird sie merken, dass ihr vieles aus dem Ruder läuft. Das Kind merkt schnell, dass sie nun wirklich nicht da ist. Es fehlt die Geisterhand, die unsichtbar dirigiert, den Tanz des Alltags.

Dieses halbbeschäftigte, lässige Dasein, das für die Mutter im Sandkasten anfängt, hört nicht auf, bis die Kinder aus dem Haus sind. Für Frauen, die ihre Arbeit lieben und sich ihr gerne wieder voll widmen würden, kann es eine Qual sein.

Oder die süße Wiederentdeckung der Muße.

Wenn die Sehnsucht nach dem früheren Leben zu groß wird, wirst du es wieder suchen für ein paar Stunden.

Diese teure Zeit wirst du dann ausquetschen bis auf die

letzte Minute, im Zeitraffer, du wirst auf Hochtouren laufen und in der kurzen Zeit alles geben, wozu du fähig bist, um dann erschöpft und ruhebedürftig zu Hause anzukommen, wenn deine Zeit abgelaufen ist und du den Babysitter ablösen musst.

Jetzt solltest du dich eigentlich ausruhen, aber nichts da, Mama ist endlich zurück, da freue ich mich so, da muss ich ihr zeigen, was ich alles in der Zwischenzeit... und jetzt musst du, die Mutter, gleichmütig und sanft zurückgleiten in die Kinderzeit, die träge läuft wie eine große Sanduhr, wo du die Stunden nicht zählst, sondern immer von ihrem Ende überrascht wirst, weil Kinder in einem Moment der Ewigkeit leben, immer in demselben köstlichen Moment der Gegenwart, der unendlich scheint, bis er abrupt vom Sonnenuntergang beendet wird.

Eine Nachtwächtermutter hat es nicht leicht. Das Nichtstun und die Muße gehen ganz gegen unsere Prägung.
Dass man davon müde wird, versteht auch niemand...

Drama 3 - Die Übermutter

Eine andere Möglichkeit, der Untätigkeit zu entkommen und doch zu gestalten, zu formen, zu dirigieren besteht darin, das Nachtwächterdasein aufzugeben und als „Superwoman" ins Geschehen zu springen:

Ich liebe meine Mama. Sie sorgt so gut für mich. Unter Mamas Schutz ist alles gut, sie tut für mich alles. Die Bösen werden bestraft, die Guten zum Mittagessen eingeladen, so ist Mama, mit Mama kann mir nichts passieren, Mama räumt meine Welt auf, mein Leben und mich selbst.

Und wenn ich in der Schule schlecht werde, dann ändert sie die Sitzordnung in der Klasse, da hat der Lehrer gar nichts zu sagen, sagt meine Mama. Und wenn der Klavierlehrer nicht kapiert, wie gut ich bin, dann sucht sie einen neuen für mich. So lange, bis sie einen findet, der begreift, dass ich sehr gut bin, auch wenn ich nicht übe.

Und wenn das alles nichts hilft, dann bringt sie mich zum Doktor, immer zu einem anderen, bis sie einen findet, der ihr sagt, dass wir beide, Mama und ich, gar nichts dafür können, dass Mathe bei mir immer schlecht ausfällt, denn ich habe ja einen Defekt und das jetzt sogar schriftlich. Das zeigt sie dann dem Lehrer und dann sind wir beide fein heraus.

Mama hat viel zu tun mit mir, immer hat sie Termine, um

das Beste für mich zu erreichen, wie sie sagt. Es ist gut, dass ich keine Schwester habe, oder so, denn das würde Mama nicht mehr schaffen.

Bei der Mama ist die Welt in Ordnung, die Mama ist so mächtig, dass sie alles Hässliche wegschafft. Mama sorgt dafür, dass alle mich für etwas Besonderes halten, dass ich von allem nur das Beste bekomme und wenn sie es dazu erst anderen wegnehmen muss, das macht Mama auch für mich. Auch meine Freunde mögen mich alle sehr, denn Mama hat sie ausgesucht und gibt ihnen viele Süßigkeiten, wenn sie mich besuchen. Meine Freunde dürfen auch bei mir fernsehen, was sie wollen, deswegen kommen sie so gerne zu mir und bewundern mich wegen meiner Mama, die das alles erlaubt. Bei Mama ist es so schön!

Mama liebt mich sehr, weil ich ihr Kind bin. Das habe ich schon verstanden. Ich bin ein Teil von ihr, ein jüngerer Teil, das Einzige an ihr, was noch wächst. Vielleicht mag sie mich deshalb so sehr. Aber sie braucht mich auch. Aber nicht so sehr, wie ich sie brauche. Ich könnte ohne sie gar nicht leben, ohne sie bin ich niemand. Und mit ihr bin ich immerhin ihr Kind. Mehr will ich auch nicht sein, nie.

Bei Mama bin ich der Beste und Schönste und Schnellste und Klügste, auch wenn sie in der Schule etwas anderes sagen. Ich glaube, sie will das, weil ich ihr Sohn bin, sie will natürlich keinen Sohn haben, der nicht der Klügste und Beste und Schnellste wird. Hoffentlich merkt sie nicht eines Tages doch... aber sie scheint es nie zu merken, auch wenn es im Zeugnis steht! Sonst kenne ich keinen Menschen, bei dem ich so gut dastehe. Besser bleibe ich also bei Mama.

Auch wenn sie schon alt wird und zerfällt. Aber ich kann nicht ohne sie. Wir sind eine Symbiose, sagt sie immer. Ich bin ihre Kletterpflanze. So wie eine Orchidee, wisst ihr? Die sind wunderschön und haben Luftwurzeln, aber die können sie nicht in die Erde stecken. Die brauchen immer eine andere Pflanze, die sie trägt und ernährt, so wie ich.

GOLDENES ZEITALTER

Schulkinder

Mutterliebe

Die hermetisch abgeriegelte Welt zwischen Mutter und Kind, diese Symbiose, die beide Teile absorbiert und zu einem siamesischen Zwilling werden lässt, und diese erste große Liebe, wo keiner ohne den anderen sein kann, wird aufgebrochen durch den ersten Tag im Kindergarten.
Für das Kind öffnet sich seine Welt wieder ein Stück, es wittert Weite und Neues, es wird sich darauf freuen, wenn es nicht schüchtern ist.

Die Mutter dagegen freut sich natürlich auch, weil sie „jetzt endlich wieder Zeit für sich selber hat", wie man sie so sagen lehrt. Meistens heißt das aber einfach, dass sie nun alleine einkaufen gehen darf. Die Mutter gewinnt zunächst einmal keine Weite und Neuland, für sie ist es erst einmal ein Verlust an Wärme und Nähe, ein Schritt aus der warmen und glücklichen Kinderwelt der Liebe zurück in die kalte Erwachsenenwelt des ewigen Wettrennens. Kein klarer Gewinn. Ein möglicher Gewinn. Sie muss sich nun wieder der Person annähern, die sie früher gewesen ist, stundenweise, aus ihrem Kokon herausschlüpfen, die Einsamkeit der Erwachsenen wieder aushalten lernen.

Das Kind wird nach Hause kommen und von einer neuen Autoritätsperson erzählen, die man gar nicht so gut kennt.

Es wägt die Worte der Mutter nun gegen die Worte der Kindergärtnerin ab. Die Mutter wird nicht immer gewinnen dabei. Sie merkt zum ersten Mal, wie ihr das Kind entwächst, aus den Fingern gleitet. Das Kind erweitert seine Welt und fühlt sich groß, die Welt der Mutter wird zunächst einmal leerer, weil das Kind weniger da ist und sie seltener braucht.

Hier fängt es an und zieht sich durch ihr ganzes Mutterleben: sie liebt ihr Kind und muss es genau deswegen gehen lassen.
Das Drama der Mutter. Sie opfert sich für jemanden, der immer am Gehen ist. Jemanden lieben, der einem immer mehr entgleitet. Trotzdem darf man ihn nicht dafür bestrafen, sich nicht rächen, nicht beleidigt sein. Es ist eine große, vergebliche Liebe, die bis in den Tod dauert, sie besteht vor allem aus Warten und Sorgen und Treusein. Sie ist nicht gerecht und nicht vorteilhaft, nur für das Kind. Und es gibt nicht einmal einen Ausstieg.
Das Drama der Mutter.
Sehr verführerisch, sich in diesen tragischen Abgrund hineinfallen zu lassen, sich zu bemitleiden, die Haare zu raufen, das Kind anzuklagen, die Gesellschaft an den Pranger zu stellen.
Aber nein, man soll herausklettern und anfangen, neben der unvergleichlichen, großen Liebe zum Kind sein eigenes Leben wieder aufzubauen, um das Kind herum, als Schutz für beide.
Das Kind ist doch nicht alles im Leben, wie sie alle anfangs geglaubt haben.

Wenn es um Kinder geht, muss man auch einmal über die

Liebe reden. Die verschiedenen Arten der Liebe. Die Liebe zum anderen Geschlecht, die heutzutage ein Geben und Nehmen ist. Und wenn das nicht läuft, sucht man sich eben einen anderen. Mit 30% Scheidungsrate kann man nicht mehr von der ewigen Liebe sprechen, von temporärer Liebe vielleicht, versuchsweise, von einer Hypothese, die noch zu beweisen ist. „Vielleicht heirate ich dich ein bisschen, später sehen wir dann weiter".
Die Liebe zum Kind oder des Kindes zur Mutter dagegen gilt für immer. Wenn man nicht viel Pech hat, funktioniert es auch. Das Kind wird immer das Kind sein, die Mutter bleibt bis zu ihrem Tode die Mutter, ersetzt werden kann sie nicht.

Die Mutter ist die Sonne im Leben des Kindes, die wichtigste Person, für die und von der es lebt als Kind. Ein Erlebnis gilt erst, wenn man es auch der Mutter erzählt hat, wenn auch sie davon weiß und in ihre gemeinsame Welt eingebaut hat.
Eine Mutter ist nie alleine, solange das Kind lebt, durch ein unsichtbares Band ist sie mit dem Kind verbunden, wo immer es sein mag. Das Kind ist ein Teil von ihr, lebt ihre Ansichten, Vorurteile und Lebensmaximen, manchmal in verdrehter Form, aber immer treu, wie das Kind meint.

In gewisser Weise ist das Kind ein externer Teil der Persönlichkeit der Mutter, eine Außenstelle, eine „Filiale". Wo das Kind ist, ist auch die Mutter. Es sieht mit ihren Augen, hört mit ihren Gedanken, fühlt mit ihrem Herzen, auch wenn die Mutter es nicht mehr merkt, weil ihr nur die Unterschiede auffallen. Erst wenn sie andere trifft und spricht, merkt sie wieder, wie nahe ihr das Kind ist. Zwischen Mutter und Kind herrscht die wahre Liebe, bis dass der Tod uns scheide.

Sie sind ein Wesen mit zwei Köpfen, mit zwei Persönlichkeiten. Sie können sich aufeinander verlassen, sind immer für einander da, können einander am besten helfen, wenn sie das Leben nicht auf zu verschiedene Bahnen wirft.

Das moderne Konzept der Liebe, die aus gerechtem Geben und Nehmen bestehen soll, wie bei einem Geschäft, wird hier niemals passen.

Die Liebe zum Kind ist nicht kündbar und nicht einklagbar, auf Seiten der Mutter meistens mit mehr Leid verbunden als auf Seiten der Kinder. Sie ist nicht einmal gerecht, oft einseitig und muss obendrein noch gezügelt werden, damit das Kind nicht an der Mutterliebe erstickt.

Eine Mutter ist eine Frau, die eine Beziehung eingeht, in der sie, wenn es gut geht, nach 18 Jahren verlassen wird, in großer Dankbarkeit, aber ohne Bedauern. Man bleibt natürlich Freunde und besucht sich gelegentlich. Und das weiß sie.

In moderner Terminologie: ein großer Teil dieser Liebe wird frustriert werden und darf nicht einmal klagen deswegen.

Emotionale Bilanz, langfristig: negativ, Gewinne karg.

Kein zu empfehlendes Investitionsfeld.

Aber dafür ist diese Art von Liebe ewiglich.

Kaffee und Kakao I

Worauf man sich am meisten freut, wenn die Kinder endlich sprechen lernen, das sind die Gespräche, die man in der Zukunft mit ihnen führen möchte. Man wird am Tisch sitzen oder im Grünen, sie mit einem Kakao, man selbst mit einem schönen Becher Kaffee, und dann werden wir philosophieren, so ein neu erwachter Mensch, der mein Kind ist, und ich.

Zuerst, wenn sie außer den wichtigsten Hauptwörtern schon einige Verben und Adjektive aufgeschnappt haben, kommen die „Mama, warum ist das so?"-Gespräche. Sie sind sehr lang und sehr verworren, grasen wie ein Rasenmäher Wortfelder ab und synonyme Wörter und bringen sie durch schleifenartige Wiederholungen zur Sprache. Sie suchen die rationalen Zusammenhänge der Welt, nach dem Dass-, Weil- und Dann-Prinzip, das der Logik folgt und so ihren Verstand entwickelt.
Es lässt sie ein logisches Netz sehen, das die Welt durchzieht – ein schönes Muster.

Alles soll an dieses logische Netz gehängt werden, alles soll einen Grund haben, und zu etwas Gutem dienen, bitte! Das wünschen sie sich, das ist der Grund ihrer Fragen, diese Versicherung wollen sie sich bei der Mutter abholen.
Sie fischen so lange nach der passenden Antwort, bis sie

sie von der Mutter bekommen. Sie holen sich, was sie brauchen. Bestätigung.

Es ist ein bisschen wie diese Ausmalbücher, die sie in diesem Alter auch lieben. So einfach ist meine Welt, mit fingerdicken schwarzen Linien, die nur die Außenseite zeichnen, und weil sie mir gefällt, mach ich sie auch noch bunt und male sie mit Farben und Worten zu, zusammen mit meiner Mama.

Anderes hören und sehen will ich nicht.

Dann kommen die Jahre der Beunruhigung. Die Welt sieht doch nicht aus wie im Ausmalbuch. Da gibt es auch noch eine Innenseite. Hilfe!

Ich habe schon zu viele komische Sachen von anderen gehört. Es ist wohl doch nicht wahr, dass die Welt so schön ist, wie ich immer geglaubt habe? Ich will aber nicht, dass sie mir meine schöne Welt mit ihren Worten kaputtmachen, ich will wieder zurück in meine alte Welt mit den dicken Linien, die war ganz gemütlich, und zu meiner Mama. Auch wenn die anderen lachen. Meine Mama und ich, wir wissen, wie die Welt so läuft: Es gibt immer einen guten Grund für alles.

So funktioniert die Welt, gell, Mama?

Daher das dringende Interesse an Flugzeugen, Insekten, Erdgeschichte, Dinosauriern, Indianern. Das gehorcht alles dem Warum-Weil-Schema, wenn es didaktisch wertvoll ist und wirkt wie Baldrian. Es tut nicht weh und erfreut, weil das Kind es versteht und sich dabei geborgen fühlt. Große Teile der Welt funktionieren so, es steht in den Büchern, doch! Und im Discovery Channel kann man das auch sehen! Eigentlich funktioniert alles so, wenn man nicht so genau hinguckt.

Die Mutter verwandelt sich in einen enzyklopädischen Kassettenrekorder, wenn sie lieb ist, und verbannt alle philosophischen und zweifelweckenden Gespräche an einen fernen, nebelverhangenen Horizont.

Man sitzt nachmittags am Tisch, mit Kakao und Kaffee, wie es sich gehört und hört zu.
„Mama, wer ist der stärkste Mann der Welt? Warum ist er so stark? Ist er gut oder böse? Wo wohnt er? Wie viele Menschen kann eine Laserwaffe gleichzeitig töten? Und ein Auto? Da, der Mann, der hat doch sein Schwert genommen und dann ist er hingefallen. Warum denn? Weiß ich nicht mehr, wo das war."
„Du, kann ich Schokolade essen? Aber du hast gesagt, dass ich heute Schokolade kriege! Doch, hast du gesagt. Heute Morgen. Immer musst du alles vergessen! Du musst dir mal aufschreiben, was du sagst! Du bist ja schon wie Oma! Nein, ich werde heute auf keinen Fall duschen. Der Sven duscht auch nie und der kriegt mehr Taschengeld! Ja! Und der muss auch nicht abwaschen und kriegt trotzdem mehr Taschengeld!
Du, Mama, sag mal. Darf ich heute noch..."

Natürlich kommen die Fragen, aber es sind nicht die Fragen, die wir uns gewünscht haben und auf die wir eine lange, schöne Antwort wissen. Es sind die Fragen, bei denen wir noch nicht einmal wissen, ob uns die Antwort überhaupt interessiert.
Da geht jemand einen anderen Weg.

Kaffee und Kakao II

Aber die Jahre werden mehr. Das Kind streckt sich. Gewinnt an Höhe, auch geistig. Stößt vor in neue Dimensionen.

Es erinnert sich an diese anderen Fragen, die es so beunruhigt haben, nach dem Tod und den Mücken und der Arbeitslosigkeit und dem Wachsen und dem Schmerz und den Unfällen... Die Mutter versucht es wieder mit dem Warum-Weil-Schema, kommt aber nicht weit, es passt nicht. Das Kind ist nicht mehr zufriedenzustellen damit. Es gibt kein „Weil" für den Tod und den Schmerz, kein überzeugendes, keins für ein intelligentes Kind.
Jetzt bleibt nur noch die Erbsünde, und dafür ist es, wenn überhaupt, noch zu früh.

Was tun? Mitleiden. Da stehen beide zum ersten Mal vor einer Mauer. Da gibt es nichts mehr zu erklären, sogar die Mutter kann dazu nicht viel sagen. So tiefsinnig und existentiell hat sie sich die philosophischen Kaffee-Kakao-Gespräche doch nicht vorgestellt.
Das Kind ist schockiert. Die Mutter weiß nicht weiter? Der Vater auch nicht? Und von der Großmutter kommt verworrener Kram, den man nicht verstehen kann! Dann gehen wir lieber zu den Delphinen und Walfischen, auch wenn das mit unserem Leben nichts zu tun hat! Das ist wenigstens klar, unterhaltsam und ohne Horror!

Aber diese anderen dunklen Abgründe, die es nicht mit dem Lichte der Vernunft, sei's der kindlichen oder der erwachsenen, erleuchten kann - manchmal steht es an ihrem Rand und schaut hinunter, voller Scheu, denn es hat schon erraten, dass sich hier ein großer Teil des Menschenlebens abspielt.

Die Mutter erzählt dem Kind Geschichten, die alle vom Leben handeln, man kann dazu nicht viel sagen. Leiden, Glück, Freude, Schmerz, Gemeinheit, Schönheit, Verrat, Treue, alles durcheinander, nebeneinander, beieinander. Was ist nun wahr? Wie ist die Welt wirklich? Ist sie gut oder böse, Mama, sag' du es mir!

Die Mutter schaut ins Gesicht ihres Kindes und wird an die eigene Kindheit erinnert. Wie war sie damals so empört, so verletzt, so enttäuscht! Wie wäre sie am liebsten gleich selber in die Welt hinausgestürmt, mit ihrem Schwert, und hätte alles, was dort schief ist, in Ordnung gebracht!

Sie hatte es schon vergessen, wie entsetzt man über diese schlechte Welt sein kann und sein muss, wenn man sie ganz in den Blick nimmt, wie Kinder es tun, zum ersten Mal und mit ungläubigem Abscheu! Und ihre Augen sagen, ihr Mund nicht: „Warum, Mutter, hast du mich in eine so schlechte Welt geholt, wo ich so leiden werde wie die anderen?"

Die Mutter senkt den Blick, von dem Vorwurf getroffen, und vertraut der Macht des Faktischen und den nicht geringen Verführungen, die diese Welt auch zu bieten hat.

„Lassen wir jetzt das Waldsterben. Ein Eis, mein Kind? Schau, wie schön die Sonne durch die Bäume scheint, hab ich dir schon von den Jahresringen erzählt?" Natürlich hat sie schon, aber es ist ein Ritual und sie zelebriert es noch einmal. Alle Register zieht sie, die sie kennt, und beruhigt das Kind mit dem faszinierenden Schauspiel, das das rationale Netz der Welt im Sonnenschein der Vernunft bietet, gespannt über die dunklen Abgründe wie zur Sprungsicherung.

Die dunklen Abgründe kann man nicht wegwischen, nicht auflösen im klaren Licht der Vernunft, der kindlichen und der erwachsenen, und nicht leugnen, auch nicht überbrücken. Die Mutter führt das Kind immer wieder an ihren Rand, mit Geschichten, Schicksalen, Erlebnissen. Hans Christian Andersen. Schau, so ist das Leben, mein Kind, erschrick´ nicht! Nimm es hin!
Durch das Kind erst merkt sie, wie gut sie sich schon etabliert hat in dieser unglaublich schrecklichen Welt, in der es Betrug, Ausbeutung und Gewalt gibt neben Gold, Geist und Kirchen. Es erschreckt sie nur noch selten, vielleicht, wenn die Zeitung wieder von einer neuen Dimension an Gräueltaten berichtet.

Aber im Gesicht des Kindes sieht sie, was ein Mensch empfinden sollte, nämlich Abscheu und Ungläubigkeit. Und sie fühlt sich schuldig. Vor dem Kind. Für die Welt. Vor sich selbst. Für sich selbst, als Teil dieser Welt.
Aber sie weiß etwas, was das Kind noch nicht weiß: auch das Kind wird ein Teil dieser Welt werden, wenn es weiterlebt.

Schauen wir uns lieber wieder das Buch über die Ameisen und über die Ägypter an, obwohl auch da Abgründe zwischen den Zeilen lauern, man denke nur an die Sklaven und die getöteten Königinnen, bei den Ägyptern und bei den Ameisen, aber die umschiffen wir geschickt, vielleicht fällt uns ja eine einschläfernde Warum-Darum-Erklärung ein!

Die philosophischen Gespräche in diesem Alter sind ein ernsthaftes Ringen mit dem Kind um den Wert, den die Welt hat oder nicht hat.
Es ist so, als ob das Kind nun entscheiden muss, ob es auf dieser Welt wirklich bleiben möchte, oder nicht.
Das Kind als Richter über die Welt und ihr Ankläger, die Mutter als Verteidiger. Die Mutter wäre lieber der Ankläger, die Rolle kennt sie aus ihrer Jugend noch gut. Aber nun befindet sie sich auf der anderen Seite, in der Rolle der Eltern, der älteren Generation, sie muss sie jetzt verteidigen, damit das Kind seine Existenz bejahen kann (aber auch die Rolle des Anklägers, um das Kind in die Defensive, in die Verteidigung, zu drängen, ist taktisch nicht ungeschickt!).

Wird das Kind die Welt für gut befinden, nachdem es herausgefunden hat, wie sie wirklich ist?
Wir zittern mit ihm.

Sein blinder Lebenswille, so hoffen wir, wird ihm, wie uns damals auch, schon die richtigen Argumente so nahe bringen, dass es Prioritäten werden.
Der Wille zu leben wird es den richtigen Blickwinkel lehren, von dem aus die Welt in erträglichen

Proportionen von Gut und Schlecht gesehen werden kann.
Es kommt auf die Perspektive an.

Kaffee und Kakao III

Man soll den Kindern zuhören und sie erzählen lassen, auf ihre Weise, in ihrem Stil, auch wenn er völlig unverständlich ist. Immer nicken und „ja, ja" sagen, auch wenn man immer noch nicht weiß, um wie viele Personen es sich in der Geschichte eigentlich handelt.

Bei störenden Fragen werden sie ganz ungeduldig, verlieren ihren Schwung und beginnen daran zu zweifeln, ob wir überhaupt grundsätzlich fähig sind, eine gute Geschichte jemals vollständig zu verstehen. Nicken wir dagegen freundlich, strahlen sie auf und verwickeln sich in immer mehr Personen, Ereignisse, Details und Höhepunkten, die ihnen vielleicht völlig klar vor Augen zu stehen scheinen, uns aber nicht mal als Schemen.

Aber ihr leuchtender Blick entschädigt dafür, ihr warmes Lächeln, ihre Begeisterung, die sie für uns entfalten und die wir entgegennehmen. Die Geschichte lassen wir als melodiöses Gemurmel an uns vorbeiziehen.

Manche Mutter wehrt sich und fängt nun ihrerseits an zu erzählen, worauf die Kinder bald einen glasigen Blick bekommen und eindeutig abdriften. Monologe. Beidseitige. Exit. Jeder in seiner Welt.

Gespräche mit Kindern. Kinder reden gerne mit ihrer Mutter, denn in dieser Zeit beschäftigt sich die Mutter ja wirklich nur mit ihnen. Kinder erfinden Gespräche, Fragen, um sich mit der Mutter noch länger unterhalten zu können, um sie zu fesseln, um sie zu halten.
„Glaubst du, dass die ersten Astronauten wirklich auf dem Mond gelandet sind? Warum ist das Gras grün? Warum ist unser Nachbar so dick? Glaubst du an Gott?"

Sie sind Meister darin, ein Gespräch in die Länge zu ziehen, bis von dem Gesprächsfaden fast nichts mehr zu sehen ist. Es geht ihnen um die Mutter, nicht so sehr um die Fragen - die können ihre Freunde auf der Straße viel besser beantworten.

Leider sind das nicht ganz die Art Fragen, auf die die Mutter nun mit Freude eingehen würde. Die Fragen des Kindes gehen immer haarscharf an den Dingen und Tatsachen vorbei, die sie interessieren und über die sie sich jetzt gerne auslassen würde. Meistens führen sie in Gebiete, die sie noch nie mit ihrem Interesse gestreift hat.

Die Mutter steht oder sitzt dumm da, vor ihrem Kaffee, und weiß keine Antwort. Das macht sie nach der fünften oder sechsten Frage leicht gereizt, ihr Image fängt an zu bröckeln, sie spürt es. Sie versucht es mit einer Antwort, die sie aber so vorsichtig abwägen muss wie ein Regierungssprecher, denn sie wird garantiert eine nachfassende Frage nach sich ziehen, und so wird sie sich immer tiefer in das Dickicht ihrer Unwissenheit verstricken, deren Aufdeckung mit jeder weiteren Frage nur umso peinlicher werden wird. Sie ist sich des Risikos bewusst, nimmt es aber in Kauf, da sie zu träge ist, um jetzt aufzustehen und die Antworten im Internet zu suchen. Wird aber immer gereizter, da die Fragen des Kindes immer drohender, in kleiner werdenden Kreisen ihre Wissenslücken umrunden. Das Kind weiß genau, wo die liegen, und nimmt einen Schluck Kakao.

Irgendwann reißt ihr der Geduldsfaden, die Gefahr der Bloßstellung ist inzwischen schon ins Wahrscheinliche gewachsen. Sie beendet abrupt das Gespräch, um ihr Gesicht zu wahren.

Das Kind gibt sich beleidigt, oberflächlich, aber ist der Mutter nicht wirklich böse, denn es weiß, was es da angestellt hat. Es lacht, schiebt den Kakao zurück, und hat die Frage schon wieder vergessen, die vorher noch sein Gesicht in so ernste Falten gelegt hat.
Immerhin hat's die Mutter diesmal ziemlich lange ausgehalten, drei Minuten länger als gestern. Und das, obwohl sie doch keinen blassen Schimmer hat! Sie wusste nicht einmal, welchen Antrieb das schnellste Auto der Welt hat. Hat sich aber trotzdem gut geschlagen, dafür, dass sie eine Frau ist!
Diese Kreuzverhöre sind eine Mischung aus akademischem Examen, Ausdauertest und Liebesprobe.
Eine Liebesprobe, die das Kind mit der Mutter anstellt.
Mal sehen, wie lange sie sich für mich herumquält?
Keine gemütliche Kaffeeplauderei. Ein Ringkampf über Kaffeetassen. Vielleicht gehen sie darunter zu Bruch.

Wenn man ihn durchschaut hat, wird er komisch.

Die Mutter könnte sich natürlich revanchieren und nun ihrerseits dem Kind auf den Zahn fühlen, in punkto Schulwissen etwa. Dann sitzt sie aber sehr schnell alleine am Kaffeetisch, denn das Kind geht, bevor es sein Gesicht verliert.

Die Ehre ist ihm wichtiger als das Gespräch.

Die Strafe des Damokles

Das Strafen im Kleinkindalter ist der erste schwere Schritt der Mutter in die Rolle der Richterin, der Rächerin, des Erzengels der hiesigen Welt. Sie wird Teil der feindlichen Welt, stellt sich gegen das Kind und lässt es allein im Wind stehen. Gewaltige seelische Stürme, von denen man nach außen hin wenig merkt.

In diesem Alter genügt als Straftechnik oft schon Entzug der Aufmerksamkeit für eine Weile, das Kind eine Zeit im Schatten der mütterlichen Aufmerksamkeit hungern lassen - die einzige Strafe, die der Philosoph Kant als Erziehungsmaßnahme empfahl.

Geht das Kind aber dann zur Schule und ist nicht mehr ganz so vom Wohlwollen der Mutter abhängig, sollte man sich über Straftechniken erneut Gedanken machen, gründliche, denn brauchen wird man sie.

Wie bestrafe ich mein Kind? Entzug des mütterlichen Wohlwollens hat keine große Wirkung mehr, außerdem erschwert es den Ablauf des Alltags in hohem Maße, wenn man aus erzieherischen Gründen gezwungen ist, jemanden über längere Zeit zu ignorieren. Es ist unmöglich, jemanden zum Zähneputzen zu kriegen, den man nicht ansprechen darf.

Womit bestrafe ich mein Kind? Indem ich ihm etwas verbiete, was ich sowieso nicht gerne zugestehe, weil ich es für schädlich halte? Süßigkeiten, Fernsehen, Gameboy, Computerspiele? Das ist sehr praktisch, dann konsumiert es schon einmal weniger davon.
Aber man erreicht damit das Gegenteil von dem, was man erreichen wollte. Diese verbotenen Dinge bekommen plötzlich eine Wichtigkeit, einen Glanz, eine Aura, die sie bisher im Alltag nicht gehabt haben. Wir wollen ja eigentlich, dass die Kinder sie für nebensächlich halten und sich nicht auf sie fixieren als einzige Glücksbringer.
Sie werden weinen und sie vermissen, wenn sie sie nicht haben, den Gameboy und die Lollies, und jauchzen und sie küssen, wenn die Strafe zu Ende ist.
Nicht nur, weil sie diese Kinderdrogen lieben, nein, sondern weil sie als Strafobjekte erst wirklich wertvoll geworden sind, zu echten Verbündeten, Freunden im Elend.
Damit sitzen wir tief in der Falle.

Wie? Also sollte man etwas verbieten, was man für nützlich und gut hält? Der Fußball, das Taschengeld, das Lego, das Telefonieren? Es klingt vernünftig, hat aber auch einen wenig zu erwartenden Effekt.
Alle Sanktionen nützen sich ab mit der Zeit, die Kinder werden immun dagegen. Es ist ihnen egal, ob sie den

Fußball nun haben oder nicht. Wenn das Taschengeld ausfällt, lassen sie sich eben von einem einladen, der sowieso viel mehr Geld hat als sie. Es gibt keine Strafe, gegen die die Kinder aus Trotz oder aus Genügsamkeit nicht immun werden mit der Zeit.

Wir haben unsere Kinder nicht zu Materialisten erzogen, das rächt sich nun. Denn das wäre so einfach.

Es muss eine Strafe sein, bei der es um die Strafe selbst geht, eine immaterielle Strafe, wo es um die Ehre geht, bei der man Angst hat, die man fürchtet... funktioniert das bei modernen Kindern?

Es muss etwas sein, wovor sie sehr viel Respekt haben, was aber gar nie eintreten muss. Nur wenn sie es provozieren, dann muss man den Knüppel aus dem Sack holen, damit es keine leere Drohung bleibt. Was man in den Sack hineinsteckt, das muss jeder selbst entscheiden, Ausgehverbot, eine Verschickung zur Oma, Fahrradentzug..., aber es sollte so selten wie möglich zur Anwendung kommen, am besten nie. Aus Angst davor macht das Kind sein Vergehen wieder gut durch Buße.

Das war immer der kluge Weg der katholischen Kirche, wenn sie ihre Schäflein abstrafen und auf den Weg der Tugend zurückführen wollte: Fehler abbüßen statt strafen. Dafür, dass die Buße wirklich vollzogen wurde, sorgte eine gewaltige Strafe, die über der Bußübung drohend hing, für den Fall, dass nicht ordentlich gebüßt wurde.

Wer einmal ein Kind in den Armen gehalten hat, das schluchzend nicht weiß, wohin mit seiner Schuld, seiner Reue und Zerknirschung, der weiß, wie gut es dem Kind tut, seine Reue in eine Tat umzusetzen: einen Brief zu schreiben, ein Auto zu putzen, Laub zu kehren.

Aber die Wiedergutmachungstaten, wenn sich das Kind daran gewöhnt hat, bekommen einen schlechten Ruf, sie sind dann gleich wie Strafen. Es sind dann keine harmlosen Beschäftigungen mehr.
„Blumen gießen tu ich nicht, ich habe doch gar nichts Schlimmes getan heute!"
Die Gewohnheit ist die Feindin aller Strafmaßnahmen, sagte die Kirche. Es hilft kein Gesetzbuch mit ehernen Regeln, die gelten bei Wind und Wetter und Schnee und Eis. Sonst fegt das Kind nie wieder Laub da draußen, wenn keine Strafe abzubüßen ist, oder, was auch passieren kann, es fegt das Laub, singend, und weiß gar nicht mehr warum.

Ist die Buße zu leicht und ohne Zerknirschung getan, zählt sie auch nicht, dann fühlt sich das Kind unbestraft. Auch ein längerer Aufenthalt im Zimmer ist etwas, an das sich das Kind spielend gewöhnt und bald nicht mehr als Strafe empfindet. „Was, ich soll ins Zimmer? Na gut, warum nicht! Dann geh´ ich eben im Zimmer spielen!"

Deswegen sind am besten die sinnlosen Bußen, Bußen, die neben ihrer Bußfunktion keinen anderen Sinn haben, Tätigkeiten, die man sonst nicht tut und deshalb nicht mit Alltagstätigkeiten verwechselt werden können. Umgraben, was schon umgegraben ist, Steine schleppen, Holz umstapeln, 50mal "Ich soll nicht..." schreiben, 30 Rosenkränze, eine Pilgerfahrt. Fragt die Kirche.

Wenn das Kind die Buße absolviert hat, weiß es, dass es nun wieder in die Familie kommen kann, ohne sich zu schämen: es kann seinen Kopf wieder oben tragen.
Einen Dank an die katholische Kirche.

Heile Welt in Rosa

Da geht man durch die kritische deutsche Oberstufe, studiert danach etwas Feines, das einem den Blick für die große weite Welt öffnet, und da man immer noch kritisch ist, um sich von dem System nicht ganz aufsaugen zu lassen, um man selber zu bleiben, diskutiert man mit seinen Freunden mit Vorliebe über kritische Themen, über die man während des Tages sich nicht auslassen darf, will man nicht seine guten Chancen im Beruf verschlechtern. Am Abend wird nachgearbeitet, was man während des Tages nicht herauslassen durfte.

Irgendwann heiratet man, und ist nun zu zweit sehr kritisch und sehr glücklich, in der kleinen Welt, die man über sich aufgespannt hat wie einen Regenschirm. Weil aber der biologische Wecker irgendwann klingelt, richtet man seine Gedanken nun vermehrt auf die Möglichkeit, Mutter zu werden in dieser nicht immer schönen Welt. Die Zeit drängt, alle anderen machen es auch, also entscheidet man sich für einen Ableger und denkt sich, es wird schon nicht viel ändern.
Ich bleibe auf jeden Fall dieselbe!

Aber schon in den Monaten, die vor der Geburt liegen, verändert sich täglich so viel, dass man aus dem Staunen nicht mehr herauskommt, eine Metamorphose jagt die nächste. Je mehr der Bauch wächst und sichtbar wird, desto wichtiger wird sein Kern für unser Denken. Bald kreist es nur noch um dieses kleine Geschöpf, immer weniger um uns. Der Vater, der nicht unter Hormonbehandlung steht, findet es schwierig, das alles nachzuvollziehen, denn für ihn hat sich eigentlich noch nichts geändert, nur dass er jetzt weniger Ehefrau hat mit mehr Bauch. In diesen Monaten wird die Ehefrau unter dem Hormonregen von Mutter Natur in eine Mutter transformiert, der Vater muss das ohne Hormone alles selber schaffen, so rein geistig.

Vielleicht sollten wir die Vaterpille erfinden?

Dann ist die Nummer Drei da, noch in der Größe eines Schoßhündchens. Jetzt haben beide, Vater und Mutter, viel Arbeit, das Leben muss umgestaltet werden.

Mit der Intimität unterm Regenschirm ist es vorbei, jetzt wohnen wir zu dritt dort unterm Dach und unsere Kommunikation bekommt nun ganz neue Ziele, nie gekannte. Sie wird immer weniger kritisch, ohne dass wir es merken, denn alles, was wir sagen, ist nun ein Steinchen, aus dem unser Kind seine kleine Welt aufbaut. Steinchen für Steinchen, Wort für Wort, das wir aussprechen und so zur Wahrheit für es machen. Und wir wollen doch nicht, dass sie schwarz aussieht, seine Welt? Oder schwarz-weiß oder gar grau? Was denken Sie denn? Wir passen gut auf, was wir sagen.

„Mama, sie waren so furchtbar zu mir, weißt du? Sie haben mich geschl…" „Aber nein, mein Kind, sie haben das ganz nett gemeint, du hast das sicher missverstanden." „Aber Mama, sieh´ doch nur..." „Lass uns weiter gehen, Liebes."

Langsam und unaufhaltsam werden wir in die Rolle unserer Mütter geschoben, die uns in unseren letzten Jahren zu Hause so genervt hat: „Nein, das Wetter ist nicht schlecht, es ist nur so, dass die Sonne gerade nicht scheint und im Auto werden wir doch nicht nass, oder? War das nicht ein reizender Ausflug? Na ja, sie haben sich gestritten und Papa hat seinen Geldbeutel verloren, aber sonst war's doch wunderschön! Sicher war die Suppe kalt und so viele Fliegen auf dem Tisch, aber die Löffel waren sehr sauber! Wieso ist unser Nachbar ein blöder Kerl, wie kannst du so etwas sagen, du, mit deinen 9 Jahren! Nein, das finde ich jetzt gar nicht. Hast du das gesehen? Ach, das hat der Junge erzählt. Wer weiß, warum er das tut! Und du glaubst, dass das wahr ist, hm. Also nachher machen wir Schokopfannekuchen, einverstanden! Dein Bruder hat eine 5? Wirklich? Aber er hat doch hart dafür gelernt? Hat er nicht? Nur die Tür... hm. Nein, ich will nicht mit ihm reden. Ja ich weiß, dass er gelogen hat, aber sonst ist er ein guter Kerl. Doch, ja, meistens."

Die Mama, die alles rosa pinselt und Goldstaub darüber sprüht, wo sie nur kann. Das ist so ihre Aufgabe. Familie zusammen halten, Regenschirm aufspannen, an der permanent guten Laune arbeiten, Sorgen rauskehren und begraben oder schlicht umdekorieren. Kein Wunder, dass die Kinder darauf mit einem sehr kritischen Bewusstsein reagieren und allergisch werden gegen Gold und Pink.

So ist der Kreis nun geschlossen.

„Es regnet draußen, Mama." „Aber es regnet doch gar nicht, mein Dummerchen!" „Das meinst du nur, weil du unterm Regenschirm stehst, liebe Mama!"

Morgenmuffel

Wenn andere Leute noch müde sind, morgens, oder schon wieder müde sind, abends, genau dann muss die Mutter sich zu Hochleistung bringen. Da müssen die Turbinen aus dem Stand hochtourig laufen. Da müssen die Scheinwerfer weit leuchten.

Wenn man diese kritischen zwei Stunden morgens und zwei Stunden abends zusammenzählt, hat man schon einen Halbtagsjob. Einen aufreibenden.

Man schwingt die Peitsche, treibt die verschlafenen, widerstrebenden Schäfchen aus dem Bett, an die Futterkrippe, „Hühott!", in die Kleider, zum Badezimmer, in die Jacken, die Ranzen und zur Tür hinaus. Ob sie wollen oder nicht, ob man selber will oder nicht, das ist egal.

Leider sind's aber nicht nur Schäfchen, das ginge ja noch hin, mähähähä!! - ohne dass man die Haltung verliert, nein, es sind Menschlein und die reden dazu auch noch.

„Ich will nicht in die Schule." „Warum gibt es heute kein Nutella?" „Dieses Kleid will ich aber nie wieder anziehen, hast du das vergessen?" „Was ist auf meinem Pausebrot?" „Mama, ich habe Mathe vergessen, ich mach's gleich jetzt!" „Du Mama, heute sollen wir was für Svens Geburtstag mitbringen, doch, habe ich dir gestern gesagt, doch, doch, hast du nur wieder vergessen." „Aber wir machen doch einen Ausflug heute, Mama, ich brauche einen Rucksack mit lauter leckeren Sachen drin, nicht den Ranzen!"

Es ist eine lange Zeit, diese Morgenzeit, in der man gleichzeitig wie ein gewiefter Diktator seinem Publikum die Welt erklärt, so dass sie weiter spuren, gleichzeitig die Essenswünsche und –änderungen mit dem Tageshoroskop in Einklang bringt und die entsprechenden Brote schmiert, gleichzeitig mit dem Ohr des Spions, das man in der ganzen Wohnung installiert hat, mögliche Konfliktherde und Revolutionen vorherahnt und sie immer versucht, im Keim zu ersticken. Wenn man es nicht schafft, muss man sie durchkämpfen bis zum bitteren Ende, und hoffentlich wartet der Bus dann noch.
Meinungsäußerungen des Volkes werden direkt in den Briefkasten gesteckt und auf den Nachmittag verschoben, wenn es geht. Wenn nicht, muss man halt durch, im Schnellverfahren, mit Blick auf die Uhr. Die Uhr hat immer Recht. Morgens ist das Volk noch ganz jung und frisch und gehorcht nicht gerne, denn es weiß genau, was danach kommt: Schule! Arme Mutter.

Am Abend dagegen ist das Volk schon müde, hat keine Kraft mehr für Hausaufgaben, Extraübungen, Klavier und Hygiene. Auch wenn das Volk nicht müde ist, ist es müde, denn das tut der Mutter Leid, und dann ist die Mutter viel umgänglicher. Dann schreibt sie

Entschuldigungen, verzichtet aufs Duschen, macht die Klavierzeit kürzer, aber liest nicht länger vor, das ist gemein! Da wird das Volk dann plötzlich wieder ganz wach und protestiert. In die Falle gegangen.

Sie schleppen sich, geprügelt von der Stimme der Mutter, die heiser zu werden droht, von Punkt zu Punkt, Essen, Einmaleins, Aufräumen, noch Üben, Zähneputzen, Wäsche weg, neue raus, bis sie dann mit blitzenden Äugelein im Bett liegen, sehr zufrieden mit ihrer Mutter und mit dem, was sie in so kurzer Zeit geschafft haben, obwohl sie eigentlich nur gebremst haben.

Nun sind sie bereit und voller Energie, um mit der Mutter noch ein längeres weltanschauliches Gespräch zu führen, zur Versöhnung, das hat sie doch so gerne.
Dafür sei der Sandmann da, sagt die Mutter und reibt sich schon mal die Augen.

Der kleine Knirps, der gerade noch mit halbhängenden Augenlidern kaum mehr fähig war, seine Zahnbürste zu halten, sieht fast schon wieder ausgeschlafen aus in seinem Bettchen, während der Mutter die Müdigkeit nun alle Glieder samt Zunge mit Blei füllt. Sie ist schwer und matt und möchte einen Punkt hinter das Zubettgehprogramm machen.
„Gute Nacht! Bis morgen, wenn ich wieder so jung und frisch bin wie du jetzt." Und knipst das Licht aus.

Wunschzettel

Liebes Christkind,

ach bitte, ich hätte gerne einen neuen Papa. Als wir ihn letzte Woche vom Flughafen abgeholt haben, hab ich ihn gar nicht wiedererkannt, er hat in der Zwischenzeit so viele graue Haare bekommen.
Ich hätte gerne einen, der immer gute Laune hat und braune Haare und mit mir Fußball spielt, wann ich dazu Lust habe. Mein alter Papa ist gar nicht so schlecht im Fußball, aber er muss sich leider immer erholen.

Das einzige, was ihn interessiert, sind meine Noten. Die sind leider immer gut. Also interessieren sie ihn nicht. Da hab ich mal eine Weile schlechte Noten geschrieben, damit er mit mir übt, aber war nicht. Hat mir einen Nachhilfelehrer besorgt! Dabei hat er doch selber Mathe und Bio studiert. Und genau in Mathe und Bio habe ich mich absinken lassen. Wenn ich einen neuen Papa zum Spielen und zum Autofahren hätte, würde ich auch meinen alten in Ruhe lassen, das verspreche ich!
Dann könnte der schlafen und fernsehgucken und golfen. Den ganzen Tag. Das wäre sehr praktisch für alle.

Ob man den mieten kann? Dann ist es nicht so teuer. Ich kann mir den neuen auch mit meinem Bruder teilen, wenn es sein muss. Aber wenn es nicht zu teuer ist, hätte ich gerne einen für mich alleine, bitte!

Eine neue Mama wäre auch nicht schlecht, aber ich will nicht zu viel von dir verlangen. Ich hätte gerne eine Mama, die von morgens bis abends zu Hause auf mich wartet und jeden Tag Pfannekuchen macht für mich, ohne dieses Gemüse, und dann bei mir bleibt den Abend und die ganze Nacht bis zum Morgen, wenn ich wieder zur Schule gehe und mein Frühstück brauche. Sie muss auch gar nicht so elegant sein. Und auch nicht viel reden. Aber sie soll immer an mich denken und für mich da sein.

Und, liebes Christkind, was ich ganz dringend brauche, ist mehr Zeit. Kannst du nicht einfach die Tage ein bisschen länger machen? Mit Essen und Schlafen und Schule und Hausaufgaben bleibt mir gar nichts mehr übrig für mich. Am Montagmorgen fange ich an und, ohne dass ich es merke, bin ich schon wieder im Freitag. Ich fühle mich gar nicht dabei. Es ist unheimlich.
Meine Inliner sind mir zu klein geworden und ich habe es nicht mal gemerkt. Meinen Legoroboter hat mein kleiner Bruder schon im Sommer auseinandergebaut und verpusselt und ich habe es nicht gewusst.

Wann soll ich damit spielen? Wenn ich groß bin und einen Bart habe?
Mama sagt immer, ich soll Bücher lesen. Aber wann ich das machen soll, sagt sie nicht. Vielleicht auf der Toilette? Das ist sowieso mein Lieblingsplatz, da kann ich abschließen und ein bisschen ich selber sein. Mama macht sich schon Sorgen! Sie will mich jetzt zum Arzt

schleppen! Also muss ich das auch aufgeben. Meine einzigen Pausen.
Draußen haben sie zwei Bäume ausgegraben, und ich war nicht dabei. Mathe!

Zum Geburtstag schenkt mir Papa super Geschenke aus Amerika, aber viele sind am nächsten Geburtstag noch nicht ausgepackt. Er kauft mir trotzdem neue. Aber ich freue mich nicht mehr auf meinen Geburtstag. Da bin ich dann bloß ein Jahr älter.
Mehr nicht.

Soll ich so werden wie Papa? Er arbeitet und dann ruht er sich aus, um wieder zu arbeiten. Aber ich arbeite immer, ich kann mich nur ausruhen, wenn ich schlafe. Eigentlich hat er es besser als ich. Vielleicht kann ich mich ausruhen, wenn ich erwachsen bin. Das sagen sie immer. Am liebsten bin ich doch in der Schule, da hat man wenigstens manchmal Pause. Zu Hause gibt es nie Pause, da gibt es nur die Hausaufgaben und dann schlafen, sogar beim Essen muss ich mich beeilen.

Mama ruht sich am meisten aus, aber sie gibt es nicht zu. Sie tut, als ob sie auch einen Stundenplan hätte für die ganze Woche, hat sie sich aber alles selber ausgesucht. Ich nicht. Und eines ist ganz klar: ein Mensch kann nicht für den anderen essen, schlafen oder spielen, obwohl meine Mutter das gerne für mich täte, das weiß ich. Manchmal macht sie die Hausaufgaben für mich, dann wundert sich der Lehrer wieder, wie ich das alles geschafft habe, und sagt: „Es geht doch!".

Ich wäre so gerne wieder im Kindergarten, aber das kannst du wohl nicht machen, Christkind. Ich will nicht größer werden und immer schwierigere Hausaufgaben bekommen. Ich will nicht: ich will wieder klein sein und den ganzen Tag in der Sonne spielen und merken, wie ich wachse!

Jetzt muss ich Vitamine essen, weil ich nicht genug an die Sonne komme, sagt der Arzt. Und wenn ich Sport machen muss in der Schule, kann ich am nächsten Tag kaum aufstehen, alles tut mir weh. Der Muskelkater bleibt drei Tage. Und nächste Woche wieder dasselbe. Dabei wäre ich so gerne stark! Und würde mit dem Skateboard fahren können wie mein Nachbar. Ein Skateboard habe ich. Noch verpackt.

Manchmal habe ich Kopfschmerzen. Meine Mutter mag das gar nicht, aber ich habe sie ganz gerne, dann darf ich mich ins Bett legen und gar nichts tun. Und der Arzt kann gar nichts dagegen machen! Ich weiß, wie ich die Kopfschmerzen bekommen kann, die brauchst Du mir nicht zu schenken. Ich weiß es, aber ich verrate es niemandem, nicht einmal Dir. Du brauchst das auch nicht. Du hast ja fast das ganze Jahr Ferien. Bis auf den Dezember.

Freunde hätte ich auch gerne, auch wenn ich keine Zeit für sie habe. Sie müssten nahe wohnen. Bei mir wohnt aber keiner. Und die, die hier wohnen, sind nicht meine Freunde.
Deshalb habe ich einen erfunden. Mit dem spreche ich immer vor dem Schlafengehen und auf der Toilette. Du

weißt, diese erfundenen Freunde verstehen einen immer und sind echte Freunde. Und sie kommen und gehen und bleiben, wann man will.

Liebes Christkind, mach mich doch wieder klein, das wäre das schönste Geschenk! Dann könnte ich mir auch wieder normale Geschenke zum Spielen von Dir wünschen!

Ich will nicht erwachsen werden, Mama!

Wir machen es offensichtlich zu gut. Wir geben unseren Kindern alles, was sie brauchen. Liebe, Aufmerksamkeit, Präsenz, wenn sie nach uns rufen. So gut machen wir das, dass sie aus diesem Kokon der Liebe und Aufmerksamkeit nicht herauswollen. Viele Kinder wollen nicht einmal *Teenies* werden, lieber wieder als Babies zurück zur Mutter, zurück in die Zeit, als der Kokon der Liebe und Aufmerksamkeit noch wärmer und dichter war.
Was haben wir falsch gemacht? Leben wir ihnen nicht ein glitzerndes und verlockendes Erwachsenenleben vor? Wir haben doch so viel erreicht, mehr als unsere Eltern, die wir schon damals glühend beneidet haben um ihr Erwachsensein. Lockt unsere Kinder das nicht? Vielleicht lassen wir sie nicht spüren, wie unfrei sie sind, oder es ist ihnen nicht wichtig.
Sie haben Angst, aus der Fürsorge entlassen zu werden. Angst, ohne Liebe leben zu müssen. Angst, für sich sein

zu müssen. Sie glauben, nicht stark genug dafür zu sein. Wir sind stark, nicht sie, da hilft auch kein Loben. Müssen wir sie aus dem Haus werfen?

Sie möchten Kind bleiben, unser Kind. Nicht, dass sie sich den lieben langen Tag bedienen lassen wollen, nein, sie helfen mit, freudig. Aber sie wollen nicht, dass wir gehen, wir sollen immer bei ihnen bleiben, als Mama. Es ist so kalt im Weltall. Der Gedanke, dass sie eines Tages ohne uns leben müssen, ist ihnen grausam und unverständlich.
Leben wir ihnen die Geborgenheit der Familie so gut vor? Haben wir selbst zu viel Angst vor der Welt da draußen? Woher stammt diese Angst vor der Welt? Ist es unsere oder ihre?

Gestohlene Kindheit

Wir haben jetzt die Lösung gefunden. Dass man die Kinder aus der Schule nach Hause holt, damit sie Hausaufgaben machen, erschien uns immer als ein überflüssiger Transportaufwand. Wir haben da jetzt die logische Konsequenz gezogen, wir lassen die Kinder in der Schule.

Die Kantine ist immer offen, jedes Kind hat seinen Arbeitsplatz mit Lampe und Sitzkissen und einem Papierkorb. Es ist direkt verkabelt mit dem Großrechner. Nun braucht der Informationsaufnahmeprozess nicht mehr unterbrochen zu werden, das Kind bleibt sitzen von morgens bis abends.

Es ist darüber nachgedacht worden, Schlafstellen einzurichten. Wenn das Kind sowieso den ganzen Tag in der Schule verbringt, ist es sicherer, es auch über Nacht dort zu lassen. Der Transport kostet das Kind Zeit und kostbare Nerven, die es besser auf anderes verwendet, das ihm nützt. Außerdem ist zu bedenken, dass das Verlassen des Schulgebäudes das Kind einem möglicherweise radikalen Klimawechsel aussetzt, der es mit Infektionskrankheiten affiziert, die, falls sie ausbrechen, den Lernprozess durch Ausfälle verlangsamen können. Und dieser muss und soll doch immer und stets im Zentrum stehen.

Natürlich müssen wir darauf achten, dass die Muskulatur der Kinder nicht verkümmert, entsprechende Fälle aus anderen Stationierungsanstalten wie etwa den Krankenhäusern oder Gefängnissen sind ja bekannt. Zur Aufrechterhaltung des Bewegungsapparates, der für den Transport des Gehirns weiterhin unerlässlich ist, wie Sie wissen, sollten wir Fitnessstudios einrichten.

Es wird auch elektrische Muskelreizung angedacht, das ist weniger anstrengend und erzeugt dieselben Resultate. Aber da stoßen wir an der linken Front noch auf gewisse, gewiss vorübergehende Widerstände.

Wir brauchen gesunde Kinder! Aber nicht zu viel Sport! Nur das Nötige! Die heutige, moderne Zeit erfordert eine so umfangreiche Informationsaneignung von der heutigen Jugend, dass sie keine Zeit zu verschenken hat. Nicht einmal für Sport. Auch der Schlaf wird genau gemessen und aufs Notwendige reduziert. 6,3 Stunden reichen aus, wir haben das hier getestet, mit den gleichen Ergebnissen wie die 8,3 Stunden, die sonst üblich sind, und das in allen Altersstufen.

Eine Arbeitsgruppe diskutiert zur Zeit auch die Möglichkeit, die Schüler mit hochwertiger Astronautennahrung am Schreibtisch zu ernähren. Die Zeitersparnis wäre enorm. Sie würden um 1,4 Jahre früher aus der Schule entlassen werden können.

Es gibt Kritiker unseres Systems, die behaupten, die Schüler seien nicht lebensfähig, wenn sie nur unter ihrer Schreibtischlampe leben und lernen. Ihnen kommt dann der Vergleich mit einer Legebatterie in den Sinn. Wogegen ich protestieren muss! Unsere Schüler legen keine Eier, sie produzieren höchstens Texte, und zum Schlafen und zur Entleerung wechseln sie durchaus den Ort! Ihnen stehen dafür sogar zwei verschiedene Orte zur Verfügung!

Auf Fenster haben wir allerdings wirklich verzichtet, damit die Kinder nicht abgelenkt werden durch die Außenwelt.

Desweiteren können wir gegen solche Unterstellungen gelassen auf den Umfang unserer Bibliothek hinweisen, wo unsere Schüler alle denkbaren schwierigen Situationen des Lebens nachlesen und studieren und präparieren und sich dann in vier Sprachen die prämierten Lösungsvorschläge einprägen können. Ich muss darauf hinweisen, dass wir eine recht beachtliche Auswahl aus der Weltliteratur anzubieten haben, pädagogisch aufbereitet, so dass es eigentlich wirklich nicht nötig ist, hinabzusteigen ins profane Leben, wo so viele Gefahren für unser Erziehungsprogramm lauern, die wir nicht von unseren Schülern, Ihren Kindern, abwenden können, wenn wir sie nach draußen lassen.

Wenn Sie uns Ihre Kinder anvertrauen, halten wir sie vom äußeren Leben fern, das versprechen wir Ihnen, das ist Teil unseres Programms.
Auch wenn Sie Ihre Kinder weiter bei sich zu Hause übernachten lassen wollen, können wir Ihnen dergestalt behilflich sein, dass wir die Kinder mit genügend Hausarbeit eindecken, so dass sie nicht auf den Gedanken kommen, das Haus zu verlassen und somit, ohne Ihr Eingreifen und Zutun, immer im Haus bleiben und keine Ausfälle nach draußen machen, bis sie wieder in die Schule fahren dürfen. Das mit den Hausaufgaben ist ein Leichtes für uns, das machen wir gerne, wenn wir Ihnen damit entgegenkommen können.

Bedenken Sie die Gefahren, die das Wetter und der Verkehr und die frei laufenden Menschen draußen darstellen, und erwägen sie unser Angebot!
Wir geben Ihnen die Kinder mit 18 zurück, rein und unschuldig, korrekt gekleidet, ohne Flausen im Kopf, wie wir sie mit 6 Jahren von Ihnen erhalten haben, aber unendlich bereichert um Kenntnisse, wie sie die Wirtschaft von heute braucht, selbstverständlich.
Den Grad des Gehirntrainings dürfen Sie ankreuzen, wenn Sie Ihr Kind anmelden, das ist natürlich auch eine finanzielle Frage, was Sie sich leisten können. Aber was immer Sie ankreuzen, so bekommen Sie es dann zurück, garantiert.

Deswegen haben wir einen Weinberg auf unserem Schulwappen. Die Reben sind fest an die Rebstöcke gebunden. Wir pflücken das Unkraut und bestimmen Regen und Dünger, wie es der Wuchs und das Klima erfordert.
Sie spenden die Gene, wir formen sie.

Da die Schüler, die aus unserer Anstalt kommen, sofort an den Universitäten aufgenommen werden, brauchen Sie sich auch da keine Sorgen zu machen. Nach dem Universitätsabschluss, der im Allgemeinen hervorragend ist bei Abgängern unserer Schule, werden sie in der Wirtschaft mit Kusshand genommen und auf die verantwortungsvollsten Posten gesetzt, denn man weiß, wen man vor sich hat: eine Person, die sich perfekt in ein leistungsorientiertes System einfügt, weil sie nie ein anderes kennen gelernt hat. Sie wird es für ihre natürliche Umwelt halten.

Wenn man ein Individuum lange genug von bestimmten Genüssen fernhält, verdorrt das Interesse an diesen und wird nie wieder aufblühen, das ist unser Geheimnis. Die Botaniker nennen das Abbinden, die Genetiker kastrieren, die Bildhauer modellieren, aber eigentlich meinen wir doch alle das Gleiche. Wir können die Welt nicht ändern, in der wir leben, aber wir können uns ändern oder wenigstens unsere Kinder, damit sie schmerzfrei und bedürfnislos in diese Welt gepflanzt werden können, ohne zu leiden! Was kann es Schöneres geben? Glückliche Kinder! Glückliche Eltern!

Trotzdem müssen wir im Interesse der Wahrheit

zugeben, dass es zwischen denen, die ohne Anleitung draußen aufgewachsen sind, und denen, die bei uns erzogen wurden, große Verständigungsschwierigkeiten geben kann. Man lebt nicht in der gleichen Welt, man weiß nicht, von welchen Erlebnissen und Gefühlsmomenten der andere spricht.

Um diese vorübergehende Anpassungsschwierigkeit auch zwischen den Generationen überbrücken zu helfen, haben wir Kommunikationskurse eingerichtet. Nein, nicht für die Kinder, die sind ja die Menschen von morgen, nein, für die Eltern und Freunde, damit sie sich der neuen Generation über ein Übersetzungsprogramm noch verständlich machen können.

Es wird für eine ganze Zeit lang weiter Dolmetscher geben müssen, solange der alte Menschenschlag noch in wichtigen Positionen sitzt. Eines Tages wird auch das völlig überflüssig werden, wenn es nur noch den gut erzogenen, modernen Menschentypus gibt. Andersartige werden dann einfach ignoriert und ausgegrenzt, was durch ihre unverständliche Kommunikationsweise sehr erleichtert wird. Es geschieht sozusagen auf natürliche Weise, dann brauchen wir nicht einmal mehr Kurse.
Das sind unsere Lorbeeren, die wir mit Stolz auf der Stirn tragen.

In diesem Sinne lege ich hier die Anmeldeformulare aus und erwarte Sie in unserer Schule, in der Zukunft.

Die Mutter, ein Dinosaurier

Eine Mutter ist ein urzeitliches Wesen. Es gab sie schon immer, es gab sie schon vor dem Feuer und den Dinosauriern. Reingefallen, vergesst nicht, auch Dinosaurier hatten Mütter.

Es handelt sich dabei um so etwas wie einen Einzeller, ein sehr altertümliches, einfaches, animalisches Wesen, das eindeutig älter ist als der homo sapiens.

Und wer möchte denn schon gerne ein Dinosaurier werden? Das ist überhaupt nicht modern, auch wenn sie in Museen zu finden sind und alle von ihnen sprechen. Man spricht von ihnen, weil es sie nicht mehr gibt. Von den Müttern spricht man auch, weil sie immer weniger werden. Ist ja auch kein Wunder. Wer will denn schon ein Dinosaurier werden?

Mütter sind langweilig, leben in einer Familienhöhle, die sie fast nie verlassen, gehen nur aus, begleitet von ihren Ablegern und hören auf, Mensch zu sein, sobald sie Mutter geworden sind. Sie lesen keine Zeitung mehr, schauen nicht mehr aus dem Fenster, und interessieren sich nur noch für Kinderbücher, zuerst die Bücher über Kinder, dann die für Kinder.

Sie werden Höhlenmenschen, die als Einzelwesen nicht mehr vorkommen. Kein Wunder, dass sie sich hauptsächlich mit anderen Höhlenmüttern abgeben, mit anderen Leuten gibt es keine Gemeinsamkeiten mehr. Bei den Vätern ist das anders. Sie bleiben Menschen und

Männer.

Mütter behaupten zwar auch, dass sie noch Frauen und Menschen seien, aber das ist nur etwas, was man sie glauben macht, damit sie sich nicht so viel beklagen. Mütter sind vor allem Hüterinnen ihrer Kinder. Sie hören mit der Geburt des Kindes auf selber zu leben und beobachten stattdessen ihre Kinder beim Leben. Auf diese Weise können sie die Kinder vor jedem Schaden bewahren.

Aber wenn die Kinder größer werden und sich selber in Acht nehmen können, stehen die Mütter von einem Tag auf den anderen da und haben ein leeres Leben, denn wie man selber lebt, das haben sie lange nicht mehr geübt. Manche können sich noch erinnern, andere kaufen sich einen Hund.

Mütter leben in einem urzeitlichen Tag, der von Sonnenaufgang und -untergang bestimmt ist. Nachts schlafen Mütter. Vor allem. Ihre musikalische Tätigkeit beschränkt sich auf die Wiederholung von Jahrtausende alten Tonfolgen zur Einschläferung der Sprösslinge. Ansonsten sprechen Mütter immer leise, sie gehen sogar leise und nießen leise, weil der Sprössling im schlafenden Zustand erträglicher ist als der Sprössling im wachen Zustand. Natürlich drücken das Mütter anders aus. Sie sagen, es tue ihm gut. Aber das ist nicht erwiesen. Erwiesen dagegen ist, dass es i h n e n gut tut, wenn der Sprössling schläft. Dann haben sie frei. Deshalb sind sie so leise.

Eine Mutter ist immer zusammen mit ihrem Sprössling zu sehen, wenn man über sie spricht. Sie sind für lange Zeit wie siamesische Zwillinge, danach sind sie dann wie siamesische Zwillinge, die operativ getrennt wurden, einer bekommt immer den schlechteren Teil.

Die Mutter lässt den Sprössling an ihrer Seite wachsen und lässt ihm alles zugutekommen, was sie hat. Wenn sie eine sogenannte „gute" Mutter ist.

Böse Zungen behaupten, dass ihr dann nichts bleibt. Wir würden sagen, es kommt darauf an, ob noch etwas nachwächst. Oft ist das nicht der Fall. Wenn nichts mehr nachwächst, ist die Mutter am Ende der Erziehung leer, schon wieder, doppelt leer, wenn das ginge.

Habt ihr schon einmal eine keimende Kartoffel gesehen? Ja, nein? Doch, genau das ist es! Die Kartoffel wird immer kleiner und schrumpliger, und das Kartöffelchen immer praller und größer. Ein einfacher physikalischer Prozess. Wie eine Sanduhr.

Wenn die Mütter das aber vorher wüssten, würde ja niemand mehr Mutter werden wollen. Wir haben auch so schon zu wenige Mütter. Also formuliert man das anders, man sagt: ein Kind zu haben, bereichert. Weil man dann ein Kind mehr hat. Spitzfindig, nicht? Oder: eine Frau ist nichts, wenn sie nicht Mutter wird. Raffiniert, nicht? Vorher nichts, Mutter nichts, Ende nichts. Das ist wie das delphische Orakel. Zweideutig und in jedem Fall wahr.

Die Mutter als Kartoffel, sobald die Kartöffelchen sprießen, hört auf zu wachsen. Ja, wirklich! Sie erstarrt und wartet aufs Schrumpfen und Schimmeln. Und wie wird das ausgedrückt? Ein erfülltes Dasein, gefüllt von Kartöffelchen, in der seligen Ruhe des Gebens, ...Erfüllung des Lebenssinns, immer ist von Fülle die Rede, das ist volltönende Propaganda! Man könnte höchstens vom Umfüllen sprechen, wenn wir aber lange genug umfüllen, bekommen wir doch irgendwann die Leere zu Gesicht.

Warum gibt es so viele Lügen über das Mutterdasein? Das ist dasselbe wie beim Soldatenleben und Heldentum. Wozu wurde das erfunden? Auch so eine schöne Lüge. Aber wir brauchen sie, die schönen Lügen. Wenn alle wüssten, wie es wirklich ist, würde sich keiner dafür hergeben, Soldat oder Mutter zu werden. Deshalb schweigen wir lieber.
Ab sofort.

Alle zusammen

Warum verreisen wir? Warum verbringen wir vor der Reise einen Tag mit Kofferpacken, danach einen weiteren mit Kofferauspacken? Von der An- und Abreise ganz zu schweigen, die auch einen ordentlichen Happen des ersten und letzten Tages für sich beansprucht.

Man kommt im Hotel an und ist erst einmal erledigt von den Strapazen der Reise. Hier ist es noch heißer als zu Hause, aber es gibt wenigstens kein Telefon. Kinder werden im *swimming pool* deponiert. Dort halten sie sich lange frisch. Man selbst sammelt Energie, in dem man sich aufs Bett legt. Uff! Gibt es hier Sehenswürdigkeiten in der Nähe? Oh Schreck! Hätten wir doch besser aufgepasst! Wären wir doch lieber wieder nach Koh

Samui gefahren, da kann einem so was wie Sehenswürdigkeiten nicht passieren. Ja, wirklich? Wie interessant! Dann müssen wir uns das also für morgen vornehmen. Nach dem Frühstück. Uff. Also nicht vergessen, Kindern schon beim Abendessen vom wunderbaren Trallala erzählen so groß und so schön und noch nie gesehen und dass es morgen sowieso regnet. Früher ins Bett gehen, denn morgen wird's anstrengend. Weg suchen mit öffentlichen Verkehrsmitteln. Ob man den hiesigen Englisch-Dialekt versteht? Bald sind wir da, Kinderlein, nur noch ein Stückchen, da hinten gleich, nur noch auf 20... da ist sie, die Sehenswürdigkeit, etwas schmutzig, nicht so farbecht wie auf dem Foto, eindeutig abgenutzt, schon zu oft beguckt, etwas bröckelig. Im Buch war sie schöner. Zu viele Leute davor. So heiß.

Später schaue man sie sich noch einmal im Buch an! Damit man was von dem Ausflug gehabt hat. Aber man war da! Leibhaftig! Samt Kind und Kegel! Siehe Foto! Zurück ins Hotel, haben wir wirklich aus Versehen ein Laptop mitgenommen? Da ist mir was durch die Lappen gegangen! Also, hinein in die alte Rollenverteilung und die Kinder in die Frischhaltebox. UFF! Und, sind die Fotos von der Sehenswürdigkeit was geworden? Nein, nicht so schön wie im Buch. Das hätte ich dir ... Hm. Nein, wir fahren nicht noch einmal dort hin, bestimmt nicht. Nein, Irrtum. Wir sind nicht hierhergekommen, um Fotos zu machen, wer hat dir denn diesen Floh... Nein, wir sind hier, um uns zu erholen und unseren Augen mal ein paar andere Anblicke zu gönnen. Z. B. Die berühmte ..., ja. Also morgen früh, gleiche Stunde, gleiche Schuhe, gleiches Gemecker. Genau. Du meinst, durch die Fotolinse siehst du besser? Das kannst du dann mit nach Hause nehmen? Ah ja. Und wann machst du dann was zu Hause damit? Ah so, wenn du pensioniert bist, so, so. Da wär doch ein Bildband... vielleicht doch billiger? Zumal die Fotos schon...Aber jetzt, jetzt könntest du es dir eigentlich erst einmal direkt angucken. Ja, ja. Du traust deinem Gedächtnis nicht? Früher gab es auch keine Fotos. Wenn man natürlich nur noch durch die Linse ... du könntest ja so tun als ob. Und du merkst dir einfach das Bild. Ja, ja, ungefähr so. Wär' das was? Das wär dann fast so wie früher. Bei deinem Großvater. Der hat gemalt, ich weiß. Das hat noch länger gebraucht. Wirklich?

Für die Eltern ist es ein hartes Rhetoriktraining, für die Kinder ein Intensivkurs in geistigem Kung-Fu, beide werden sehr erschöpft sein am Ende der Ferien, wenn die Eltern nicht davon ablassen, ihre Vorstellungen durchsetzen zu wollen. Oder aber alle werden rundlich, braun, müde, mit leerem Geldbeutel und Sonnenbrand zurückkehren, falls die Kinder die Eltern dazu überreden konnten, ihre Vorlieben mit ihnen zu teilen oder aber sich schlicht kampflos zu ergeben.

Solange die Kinder noch Kinder sind, wollen sie alle dasselbe: *swimming pool*, Eis und Pommes in einem Fünfsternehotel, bitte schön. Die gleichen Vorlieben wie die alten Leute, sie pflegen sich, denn sie haben keine Hormone, die sie auf Trab bringen. Die Eltern, die sich lieber bewegen oder etwas besichtigen wollen, haben es dagegen schwer. Da muss gehandelt werden. Ein

Aerobic-Trainer ist dagegen ein Anfänger.
Vor allem alte Steine sind ein Problem. Wie viele
Tempel gegen einen Tag *swimming pool*? Wie viele
Mutterpunkte gegen wie viele Stufen? Wie viele
zauberhafte Worte kostet ein Museumsbesuch? Wie viel
Phantasie wird gebraucht zur Verwirklichung einer
Stadtrundfahrt?

Man muss sich nicht nur selber durch den Urlaub
bringen, man ist auch der Animateur seiner Kinder.
Tourist und Fremdenführer und Reiseleiter in einem. Und
die Klienten benehmen sich wie die typischen
Neureichen. „Ist das alles für mein Geld?" Alles muss
ihnen schmackhaft gemacht und mundgerecht serviert
werden, „mit Schlagrahm bitte und recht süß!" Warum
hat man die Reise nicht vorher schon einmal alleine
gemacht, um alles vorzubereiten? Warum hat man die
Reise nicht überhaupt allein gemacht?
Danach ist man geübt genug, um einen verwöhnten
Robinsonclub durch die Gegend zu lotsen und zu
unterhalten dabei.

Wenn die Kinder dann in die Pubertät eintreten und die
Hormone anfangen in ihnen zu kreisen, ist für eine sehr
kurze Zeit gemeinsames Tun möglich, gemeinsames
Radfahren, Wandern, Schwimmen. Aber sehr bald
werden die Kinder ihre Eltern hinter sich lassen. Sie
werden stärker, schneller und ausdauernder sein. Und
wieder wird es Diskussionen geben, nur diesmal
umgekehrt. Plötzlich sind die Eltern die Langweiler,
nicht mehr die Kinder, wie früher.

Auch verändern sich nun die Währungen: Wie viele Tempel kostet ein Discobesuch? Ist dieses Museum groß genug für eine Stunde Surfen? Stadtrundfahrt? Aber nur mit neuem T-Shirt, Mama, äh und mit Walkman. "Und sag mal, kannst du wirklich nicht schneller Fahrrad fahren, auch wenn du es ganz arg versuchst, liebe Mama?"
Das ist das Schöne an der Dialektik. Man muss nur warten können.

Eines Tages aber wird man mit seinem ergrauten Ehegespons in den Urlaub fahren und sich zur Unterhaltung die Urlaubsfotos von damals mitnehmen. "Das war doch der Strand, weißt du noch, guck mal hier..."
Und man wird nicht verstehen, dass man damals auch nur eine Minute lang etwas anderes als entzückt war.

DER TUNNEL

Jugendliche

Die Mutter als Hohepriesterin

Die Mutter als Hohepriesterin des schönen Lebens. Wenn der Haussegen schief hängt, richtet sie ihn wieder auf. Mit Kakao und einer Umarmung. Wenn die Kinder erschöpft sind und leer, füllt sie ihre Batterien wieder, damit sie weiter laufen können.

„Das Leben ist schön, Kinder, weil ich das so sage!! Ja, wunderschön, seht einmal diesen Schmetterling, dort hinten!"
Und schon kommen die Kinder und umarmen die Mutter dankbar, weil sie sie wieder einmal aus dem Sumpf der Lebensmüdigkeit herausgezogen hat.

Dann kauft sie den ersten Bustier für ihre Tochter und weiß gar nicht, was sie sich damit antut.
„Sieh mal diesen Schmetterling dort, mein Kind!"
„Ist ja schon gut Mama, schau ihn dir doch selber an. Ich brauch' jetzt einen Eistee. Und zwar aus der Dose. Danke, bemüh' Dich nicht!"

Bong. Aus. Was nun? Statt des spirituellen Jobs der Hohepriesterin des Frohsinns wird sie nun zur Magd herabgewürdigt, denn die spirituellen Bedürfnisse der Kinder orientieren sich nun an anderen Personen.
Die Mutter braucht man höchstens noch dazu, um ihr zu demonstrieren, dass man anders, aber ganz anders ist als

sie. Und dass man es wesentlich besser findet, wie man selber ist.

Aber der Kinderkörper und das Ego wachsen und wollen gefüttert werden. Also darf die Magd nun große Mengen an Essen und Trinken und Kleidung rechtzeitig beschaffen und bereiten und herrichten.

Der Abstand zur Mutter wächst, dafür wird der Vater immer mehr angehimmelt, er ist nun der Leitstern im Leben, denn er weiß anscheinend, wie man elegant das Segel setzt auf den Wogen des Schicksals. Die Mutter dagegen hat ja hauptsächlich in ihrem Hafen gesessen, die weiß davon wenig, und auch will man von ihr das eben nicht lernen, sondern vom mobilen Vater, dem Kapitän.

Bye-bye, Mama! Wir verabschieden uns jetzt schon, aber du darfst noch 10 Jahre kochen und Socken suchen! Das ist o.k. für uns. Vielleicht werden wir dich später wieder lieben, mal sehen, wie´s so kommt.

Immer noch kreisen die Kinder um die Mutter, notgedrungen, nicht aus eigenem Willen, sonst wären sie schon längst als Kometen im Weltall unterwegs, aber leider, leider, sind sie ja noch nicht weltraumreif! Da fehlen noch ein paar Jahre und ungefähr tausend Abend- und Pausenbrote bis zur Abkopplung. Also hilft alles nichts, weiterschwingen und ab und zu lächeln!

Die Mutter schaut ein wenig dumm aus der Wäsche, die sie gerade faltet, und versucht so schnell zu lernen wie sie es eben kann. Plötzlich ist ihr Leben leer, die Küken sind ausgeflogen, zurück bleibt der Job als Magd, früher aus Liebe getan, jetzt eher aus Pflicht.

Sie schaut in ihr plötzlich leer gewordenes Leben hinein, ruft einmal hinunter, um zu sehen, wie tief es ist, und denkt über dieses ungeheure Volumen nach, das nun ohne Verwendung zur Verfügung steht.

Zwei Möglichkeiten schauen ihr aus dem Vakuum ins Gesicht: entweder sie richtet sich jetzt auf jahrelanges Jammern ein, klingt phantastisch so in einem leeren Brunnen, kunstvoll und melodiös. Und sie findet bestimmt noch andere Stimmen, um einen Klagechor aufzustellen, *a capella*. Oder sie sucht sich in der Tat noch eine andere Erfüllung für das große Loch.

Egal, was sie mit diesem herrlichen Vakuum macht, die immer noch unvermeidlichen Serviceleistungen an Familienmitglieder sollte sie sich stets pünktlich mit gutem Benehmen, Höflich- und Freundlichkeit bezahlen lassen, cash, now, keine Karten und keine Ratenzahlung in einem halben Jahr, bitte. So ist der Markt, meine Lieben. Wenn er euch nicht gefällt, macht ihn doch selber, euren Kram!

117

Kinderbriefe

I. Lieber Papa,

wenn du mir sagst, dass ich mehr arbeiten soll, dann verstehe ich das ja, denn Du verdienst das Geld für uns, und irgendwann muss ich das tun. Vielleicht sogar für dich.

Aber wenn Mama mir das sagt, so im Morgenmantel am Frühstückstisch, mit einer frischen Wärmflasche im Arm! Oder am Samstag: ich muss auf Bio lernen und was macht sie? Geht Stoffe kaufen mit einer Freundin - und ich sage dir, vor der Dunkelheit sind die nicht wieder zurück. Das nenne ich nicht fürsorglich!
Ich glaube, Mama sein ist ein ziemlich guter Beruf, nicht so wie du, der du immer ziemlich schwer arbeiten musst und eigentlich nicht zum Leben kommst, nein, die Mama, die lebt nur.

Ist das ok für Dich, wenn sie lebt und Du nicht? Das ist ja so, wie wenn der eine nur isst und der andere nur kocht! Aber ihr habt euch anscheinend daran gewöhnt.
Ich glaube, um Mama zu sein, braucht man kein Abitur, kein Klavier, kein Ballett, nicht mal gute Noten, gar nichts, nur Frau muss man sein, und das bin ich auch schon, ohne Anstrengung. Die soll mir nur noch mal was

sagen!

Bei Dir ist es ja genauso wie bei mir. Wenn Du morgens aufstehst, weißt Du genau, wie viele Minuten Du für das Frühstück hast, und dann geht Dein Arbeitsplan durch, weiter bis in den Abend, wenn Du das Licht ausmachst. Eigentlich leben wir nur dann wirklich und sind ganz wir selber, wenn wir schlafen. Ziemlich unheimlich, findest Du nicht? Eigentlich wie Lebendtote, oder? Und dann wird mein Arbeitsplan auch noch von einer Person kontrolliert, die selber nichts tut!

Natürlich, wenn ich ihr das vorwerfe, spielt sie die Verständnislose: "Aber mein Kind", sagt sie dann, „siehst du nicht, wie beschäftigt ich bin? Diese Woche habe ich es noch nicht einmal geschafft, für uns einzukaufen, und du weißt, wie es mir gefällt, die Sachen für uns selber auszusuchen, das Obst und das Fleisch. Aber es gab so viel zu tun diese Woche, ich hatte so viel um die Ohren."
Ich frage lieber nicht nach, denn sie würde mir sicher einen vollen Plan zeigen, voll mit Zeugs in Großbuchstaben, aber nichts, was ich ernst nehmen kann.

Gestern hat sie eine Freundin zum Friseur begleitet. Ich bitte dich! Ohne selbst was machen zu lassen! Da hätte sie besser bei mir zu Hause bleiben sollen. Oder meinetwegen für uns einkaufen!
Lieber Papa, wir müssen uns was einfallen lassen für sie. Wenn Du nächstes Mal kommst.

Deine Tochter Katharina

II. Lieber Papa,

Du hast Recht, eigentlich ist sie ja arm dran, meine Mama. Ich nehme ja Klavierunterricht. Aber ich darf in der Schule vorspielen, und wenn du vorbeikommst, hörst Du mir zu, mein Klavierlehrer lobt mich auch viel. Weil jeder meint, daraus könnte noch mehr werden.

Bei meiner Mutter wird nichts mehr, und das weiß sie, sie spielt jedes Mal, das sie sich ans Klavier setzt, die gleichen Stücke mit den gleichen Fehlern, die ich schon seit meiner Kindergartenzeit kenne. Neue Fehler macht sie nicht. Unterricht nehmen will sie auch nicht mehr, das lohne sich nicht mehr bei ihr, sagt sie.
Und wenn sie sich dann wieder ans Klavier setzt, um mich zum Üben zu inspirieren, wie sie sagt, … o Gott. Das inspiriert mich wirklich, dann setze ich mich ans Klavier, damit ich mir ihre Fehler nicht wieder und wieder anhören muss.

Es ist schon ziemlich aussichtslos. Alles muss ich für sie tun, Klavier spielen, Erfolg haben, hübsch sein und sportlich. Ein bisschen ist sie das alles ja auch, aber ich muss sie in allem übertrumpfen, das will sie so.

Ist aber vielleicht besser als bei meiner Freundin, wo die Mutter es nicht aushalten kann, wenn Lili schneller rennt als sie. Dann fängt sie wieder an, morgens um 10 vor 5 zu joggen. Verrückt! Und das mit 47!

Ich darf schneller und besser sein als meine Mama, muss es sogar. Ist aber doch schon viel Verantwortung, gut zu sein für zwei. Und stell Dir vor, sie verzeiht es mir nicht, wenn ich mal nicht so gut bin.
Ich mir schon. Du mir auch, nicht? Das ist der Unterschied. Wir stehen eben selber im Leben. Wir wissen, wie das ist. Sie nicht.
Sie schaut dann so leidend und klagend drein, so nach dem Motto: wofür lebe ich denn dann, wenn du nicht gut bist? Wofür habe ich mich dann geopfert!
Wenn sie das sagt, muss ich immer heulen, sie aber auch. Dann heulen wir zusammen, aber aus ganz verschiedenen Gründen. Darum hilft es auch nichts.
Danach gehe ich an meine Hausaufgaben, und sie holt sich die Fotoalben heraus. Um sich ihr kleines Mädchen mit den roten Schuhen anzuschauen, die sie gekauft hat. Oh ja.
Alles beim Alten und nichts gut.

Manchmal liest sie ja sogar ein Buch. Aber es sind seit Jahren immer dieselben Bücher! Wie verknöchert muss sie schon sein? Man kann doch nicht immer dieselben Bücher lesen!
Sie behauptet, sie fände immer was Neues darin und es gäbe ihr so etwas wie einen roten Faden in ihr Leben, die Bücher.
Na ja, sie hat auch immer die gleichen Freundinnen, sie haben zwar andere Namen, sehen aber irgendwie immer ziemlich gleich aus. Ob sie das nicht merkt?
Das mit dem roten Faden und mit dem Neues finden widerspricht sich ziemlich, findest du nicht? Ich dachte immer, der rote Faden in ihrem Leben seien wir, Du und

ich. Aber wir beide sind ja wenig zu Hause. Und wenn wir zu Hause sind, sind wir auch nicht wirklich da.

So sumpft sie eben herum in ihren immer gleichen Büchern, mit ihren immer gleichen Freundinnen, in ihren immer gleichen Farben und ihrem immer gleichen Wortschatz.
Ich verstehe das nicht. Ich möchte alle 5 Jahre eine andere sein und dass die Leute mich kaum wieder erkennen, wenn sie mir auf der Straße begegnen, sonst merkt man ja gar nicht, dass die Zeit vergeht! Sonst ist die Zeit vorbeigegangen und hat einen stehen lassen!

Ich würde mir wünschen, dass meine Mutter einen Beruf hätte und auch sehr erfolgreich wäre, dann könnte ich stolz auf sie sein, aber dass sie doch immer zu Hause ist und auf mich wartet, wenn ich komme, das wäre das Schönste überhaupt. Dann dürfte auch alles gleich bleiben. Sogar die dummen Sprüche.

Deine Tochter Katharina

III. Lieber Papa,

nun bist Du seit 5 Wochen weg und hast mir nur einmal geschrieben! Was machst du denn die ganze Zeit? Hast Du doch noch eine andere Familie irgendwo, so wie unser Nachbar? Aber eigentlich kann ich mir das nicht vorstellen, denn das kostet ja viel Geld. Und das Geld ist bei uns.

Oder vielleicht hält Dich eine Frau aus? Aber nein, nicht hier in Deutschland.

Also ist es wohl leider doch wahr, und Du armer Angestellter musst einfach die ganze Zeit arbeiten! Bei einer Familie würde es Dir sicher besser gehen. Du nimmst immer so viel ab, wenn Du auf Reisen gehst. Dabei darfst Du doch jeden Tag dreimal im Restaurant essen! Also ich würde da nicht abnehmen!

Eigentlich hast Du es ganz schön gut, weißt Du? Eigentlich verstehe ich, dass Du nicht so oft nach Hause kommst. Wenn Du zurück ins Hotelzimmer kommst, ist es leer, Du musst niemanden grüßen, niemand schreit hinter Dir her. Niemand schreibt Dir vor, welche Hosen du anziehen sollst. Du kannst essen, was Du willst. Und sehen, was Du willst. Eigentlich richtig gut! Du musst Dich mit niemandem unterhalten, musst keine Fragen beantworten, die Du lieber überhört hättest. Ach, muss das schön sein!

Wenn ich doch nur schon mit der Schule fertig wäre! Dann würde ich reisen, immer nur wegreisen, weit weg, und dann würden wir uns manchmal in einem Hotel treffen, ganz zufällig, wie sich das für Leute wie uns gehört, und dann würden wir zusammen essen und fernsehen, falls wir uns auf einen Kanal einigen können. Und dann würden wir über Mama reden, so ganz freundlich, denn sie wäre ja nicht da, sondern auf einem anderen Kontinent mit viel Wasser dazwischen, vielleicht im Altersheim, irgendwo, denn sie reist ja nicht gerne, im Gegensatz zu uns. Da wird man leicht alt!

Aber jetzt klopft sie gerade an meine Tür, das ist noch schlimmer, als wenn sie hereinplatzt, und bringt mir meinen 4-Uhr-Kakao für schwere Hausaufgaben, ganz süß, als ob ich 5 wäre!
Ich hätte lieber ein Bier und laute Musik, aber das darf ich ja wieder nicht, das ist schlecht für die Konzentration, glaubt sie, so wie Kakao gut für die Konzentration ist! Dass ich nicht lache! Ich muss doch mal diese Erziehungsratgeber kontrollieren, die sie da so liest.

Vielleicht sollte ich ihr einen zum Geburtstag schenken, so ganz selbstlos, einen, der sich mehr mit meiner Altersklasse befasst, so einfach zur Aufklärung.
Meine Mutter! Klar zu bemerken, dass sie lieber ein kleineres Kind hätte! Aber ich bin nun einmal schon größer als sie! Sie sollte sich dran gewöhnen! Wenn sie noch wachsen würde, könnte ich ihr meine Hosen vererben.

Deine Idee mit dem Windhund letztes Mal finde ich übrigens immer besser. Ersetzt mich doch einfach durch einen Windhund! Vielleicht trinkt der sogar den Kakao! Und wenn ihr ihn gut erzieht, lässt er sich vielleicht sogar anziehen, wo Mama doch so gerne Klamotten kauft, immer zu klein und immer zu bunt!
Und der kann sich auch sicher super konzentrieren bei der Stille im Haus und vor lauter Konzentration fällt er dann prompt in den Schlaf, genau wie ich!

Ich lese jetzt *Twilight* auf Englisch, unter der Bettdecke in der Nacht. Da wärst Du auch am Tag so ein bisschen müde, das sage ich dir! Nein, über der Bettdecke, so ganz normal kann ich das nicht lesen. Wenn Mama sieht, dass ich freiwillig ein Buch auf Englisch lese, ist sie wieder stolz auf mich, und das will ich ihr ja gerade abgewöhnen. Also muss ich unter die Bettdecke.

Wir kaufen einen Windhund, den muss sie dann dreimal am Tag ausführen, ja!
Warum fängt die Zukunft nicht schon morgen an, sondern erst nach dem Abitur? Das ist so gemein.

Deine Tochter Katharina

IV. Lieber Papa,

gestern hatte ich ein langes Gespräch mit Mama. Nein, Gespräch kann man es eigentlich nicht nennen. Ich habe ihr einfach mal zugehört, sie braucht das manchmal, weißt du?
Sie meint natürlich, sie hätte mir jetzt endlich wieder einmal die Meinung gesagt, und ich werde das alles beherzigen, was sie da so von sich gegeben hat.
Nein, nein, das war eine therapeutische Maßnahme von meiner Seite, gegen ihre Depression, die sie schon tagelang vor sich her trug wie ein zu schweres Amulett.
Hat aber wohl geholfen, danach hat sie sehr fröhlich mit ihrer Freundin telefoniert. Wenn die wüsste!
Und dann wird sie wieder sagen, genau wie bei Dir, „aber wir haben doch über alles gesprochen, warum tust du es denn dann nicht?"
Wie soll man ihr das erklären? Es geht einfach nicht. Da

bleibt nur der zivile Ungehorsam. Das machst Du auch immer sehr gut, Papa. Lächeln. Mit Küsschen. Das spar' ich mir allerdings. Das würde sie nur verwirren. In der Erziehung muss man klare Linien haben, wie sie auch immer mehr sagt.

Ach, unsere Mama! Was hat sie für Illusionen! In ihrem Alter! Jetzt ist es zu spät, ich schaff das auch nicht mehr, ihr die Flausen zu vertreiben.
Meint sie doch ernsthaft, sie sei immer sehr enttäuscht gewesen, dass ich kein Genie geworden sei, dass ich keine Klasse übersprungen hätte, oder wenigstens bei Klavierwettbewerben mitgemacht oder die erste Ballettschülerin, oder irgend so was.

Sie hat ja genug probiert, das muss man sagen. Elitegymnasium, Biathlon, Englisch in England, Schauspielausbildung in der 6., Konservatorium, die beste Ballettschule 86 km entfernt. Stimmt, alles hat sie angeleiert und durchgezogen und hingefahren und abgeholt und bezahlt und gewartet, mit so hungrigen Augen.
Und immer die Gespräche mit den Lehrern hinterher und keiner wollte ihr sagen, was sie hören wollte, nämlich dass ihr Kind wirklich außergewöhnlich begabt sei, darauf hat sie immer gewartet und wenn es nicht kam, haben wir es abgebrochen und sie hat mich beim nächsten angemeldet.

Warum soll ausgerechnet ich außergewöhnlich begabt sein? Ich finde das eine Zumutung! Außerdem kann ich gar nichts für meine Gene.

Dieses Argument geht immer an ihr ziemlich vorbei, dafür hat sie mir dann erzählt, wie sie aufgehört hat zu arbeiten, als ich 2 Jahre alt war, um mir die beste Erziehung geben zu können, die ihre Mutter ihr nie geben konnte, da ihre Mutter als Alleinerziehende immer arbeiten musste.

Na ja, nachdem das Experiment dann so 14 Jahre gelaufen ist, muss man schon sagen, dass ich eine gute Schülerin bin, ja, schon, aber die anderen in meiner Klasse mit Müttern, die arbeiten, sind auch nicht viel schlechter, sogar besser zum Teil. Und das ist hart für Mama.

Und an traurigen Tagen sagt sie sogar, wäre sie besser arbeiten gegangen, dann wäre ich heute kreativer. Das versuche ich ihr immer auszureden und lächle sie dann an, wenn sie mir meinen 4-Uhr-Kakao bringt, damit sie meint, ich sei ihr dankbar dafür.

Gestern habe ich einen amerikanischen Film gesehen. Da war ein Pferdetrainer, der hat seit über 10 Jahren Pferde trainiert, und nie hat eines gewonnen. Da war er dann in der midlife crisis und ziemlich am Boden. So ungefähr muss sich Mama fühlen.

Aber eigentlich finde ich, dass ich auch arm dran bin, jeden Morgen aufzustehen und in ihren Augen zu lesen, dass ich noch immer keine Preise gewonnen habe bei all den vielen Kakaos, die sie mir schon gekocht hat.

„Du müsstest mir jeden Tag die Hände küssen und den Kaffee ans Bett bringen, wenn wir alles, was ich für dich getan habe, aufrechnen wollten. Oder mich wenigstens unterhalten."

Das sagt ihre Miene jeden Tag zum Frühstück.

Zwei Jahre noch, dann bin ich weg. 730 Kakaos noch.
Was sie dann tun wird, ist mir völlig schleierhaft. Mich
vermissen? Selber den Kakao trinken und zunehmen?
Da musst Du dann ran. Das ist dann Dein Job. Dann bin
ich nicht mehr da, Papa.

Deine Tochter Katharina

V. Lieber Papa,

ich habe mir Deine Worte zu Herzen genommen und
versuche nun nett zu sein zu Mama. Manchmal und
ziemlich oft geht das aber gar nicht.

Wenn sie wieder mit mir auf die Breite Straße will,
shoppen, nehme ich meinen I-pot mit und höre halt drei
Stunden Konzert. Da bin ich dann taub für alles andere,
aber ich bin eindeutig da, gab gibt's nix zu mäkeln,
körperlich anwesend.
Wenn sie dann wieder in Aussuchfieber ist, dann setze
ich mich auf irgendein Podest und fange an, SMS zu
verschicken, damit sie mich nicht um Hilfe bitten kann.
Sie hat so viel Respekt, wenn ich „beschäftigt" bin!

Hat sie dann alle neuen Tüten mit neuem Zeug gefüllt,
helfe ich ihr sogar tragen, doch, das tue ich, damit sie
noch eine Hand frei hat zum Befühlen von neuen Sachen.
Ich bin sozial, ja. Aber wenn sie mich dann so hinter sich

herlaufen sieht, wie klein Doofie, dann wagt sie nichts mehr zu kaufen. Gut so.

Oder manchmal sind wir in einem Park, du weißt schon, Sonntag, der Graustag, wo die Schule geschlossen ist, dann will sie mir die Natur nahe bringen. Oh je. Ich sitze dann also in der Natur, die naturgemäß sehr grün ist, auf einer Bank, werde von Leuten rechts und links angestoßen, die auch ein Stück Natur haben wollen, die Natur ist eindeutig zu wenig für uns alle, aber ich sitze da ganz brav und Wald gibt es nicht und die Blumen sind hinterm Zaun und mein I-pot funktioniert.

Natur in der Stadt ist einfach nicht, das macht man im Urlaub, das weiß doch jedes Kind. Wald und Strand und Meer und Schnee nur per Flugzeug. Einkaufsbummel ist auch nicht, und *sightseeing* auch nicht, jedenfalls nicht mit mir. Wann lernt sie das endlich?

Das einzige, was wir wirklich gut zusammen tun können, ist essen, essen, essen, italienisch, vietnamesisch, koreanisch, essen. Aber unsere Mama mit ihrem Magen, so ganz auf deutsche Kost eingestellt..., kocht es trotzdem für mich.

Wenn Mama mal auf mich hören würde, könnte ich ihr sagen, was sie tun sollte, damit sie auch so fröhlich wird wie die anderen Mütter, die man auf der Straße trifft.
Aber sie hockt zu Hause und wartet, dass Dein Flugzeug landet. Die Zwischenzeit versucht sie mit ein bisschen Leben zu füllen.
Arme Mama, warum geht sie nicht in die Sauna, zum

Pilates, zum Majong, ins Bauchtanzen, in den Nachtclub bis 3 Uhr morgens, nachmittags golfen und am Sonntag zum Brunch mit Champagnerinfusion. Danach noch Mittagsschlaf bei der Aromatherapie, wie im Schlaraffenland! Nur so wird man glücklich, in eurem Alter! Nur so, so wie die anderen, die immer so lächeln, wenn man sie trifft.

Mama sagt immer, das sei nichts für sie und sie wolle sich nicht lächerlich machen. Sie warte lieber auf uns. Sie ist eben so deutsch und wird es wohl auch immer bleiben. Gar nicht *open and relaxed and enjoying*.

Ach, eigentlich mag ich sie doch, meine Mama. Sie ist wenigstens sie selber und nicht mit jeder Mode eine andere, man kann sich auf sie verlassen, man weiß immer, was sie sagen wird und was sie anhat, im Herbst wie im Frühling. Nie was Besonderes, nie eine Überraschung, aber immer gleich. Unsere Konstante.

Bye-bye Papa, komm bald wieder vorbei!

Deine Tochter Katharina

Verpuppung

Als es geboren wurde, nahmen wir es mit nach Hause und wussten eigentlich gar nicht, wer es war, unser Kind. Kein Beipackzettel mit den charakterlichen Zutaten. Eine black box, sehr niedlich anzuschauen, aber eigentlich unbekannt.

Die nächsten Jahre haben ihn langsam enthüllt, seinen Charakter, Blumenblatt für Blumenblatt bis er voll aufgeblüht war. Wir waren erstaunt manchmal, manchmal auch erfreut und nahmen hin, was sich uns da zeigte, so wie es von uns erwartet wurde. Blind date mit einem Baby.

Als wir uns gerade gewöhnt hatten an das Wesen, was da behauptet, von uns abzustammen, so dass wir alle seine charakterlichen Unarten und Artigkeiten doch als möglicherweise selbstverschuldet akzeptieren mussten, gerade als wir uns abgefunden und alle Beschwerden und Umerziehungskampagnen ins Nirwana geschickt hatten, da verpuppt sich dieses Wesen wieder und verschwindet hinter einer Wand aus verwirrenden Fäden.

Es durchschneidet zum zweiten Mal die Nabelschnur, es kennt uns nicht mehr und zeigt sich nicht mehr. Wir fühlen uns alleingelassen und vermissen unser Baby, mit dem wir uns doch inzwischen so gut vertragen haben. Aber es ist weg. Stattdessen wohnt mit uns nun ein so vermummtes Wesen, das sein Gesicht nicht mehr zeigen will. Wir wissen gar nicht genau, wer unter diesem Pony wohnt.

Wir fühlen uns so alleine, unser Kind ist uns abhanden gekommen. Wir sind zwei alleinerziehende Elternteile ohne Kind.

Ganz frei, losgekoppelt.

Gehst du mit?

Die goldenen Jahre, die Kinder zwischen 8 und 12 Jahre. Nur hat man vergessen, sie zu genießen, weil alles so einfach war: sie zogen sich immer schnell die Schuhe an, wenn wir wieder los wollten.

Bis der erste seinen zwölften Geburtstag feiert. Plötzlich tritt die dreizehnte Fee ein, die man nicht einladen wollte, man wusste schon, warum. Da steht sie nun mitten im Zimmer und berührt das Geburtstagkind nur mit ihrem schwarzen Zauberstab, der einer Schlange ähnelt. Mehr ist gar nicht nötig, kein Wort sagt sie dazu.
Das Kind schauert es.

Leise schwebt sie zur Tür hinaus. Wir bleiben zurück in der Stille und beäugen das erschreckte Geburtstagskind, ob es noch dasselbe ist wie vorher. Äußerlich hat es sich nicht verändert, aber innerlich?
Uns fällt der Blick auf, nicht mehr strahlend nach draußen gerichtet, auch nicht auf uns, nicht mehr, nein, jetzt ist der Blick mürrisch, enttäuscht und in sich gekehrt. Was er draußen sieht, gefällt ihm nicht mehr, es ist vorbei, der Wind ist darüber gestrichen und hat sie mitgenommen, die kindliche Glückseligkeit.

Sie wachsen nun gewaltig, werden eckig, nehmen mehr Platz ein, von dem sie noch nicht wissen, wie sie ihn füllen wollen. Sie spüren, dass ihr Körper zu groß ist, passend für ihr zukünftiges Ich, aber jetzt noch nicht. Auch wenn man mit krummem Rücken und hängendem Haupt durch die Straßen schiebt, man hat ihn nun mit sich herumzutragen, wie eine unpassend große Verpackung, die man nicht zusammenfalten kann.

Man darf nun nie mehr seine wahren Dimensionen aus den Augen lassen. Sonst eckt man an und bekommt schwarze und blaue Flecken.

Ohne den neuen, großen Körper geht es nicht mehr.

Aber wenn man ganz stille hält, so auf dem Sofa, da merkt man ihn am wenigsten.

Auch ein Grund, sich nicht mehr zu bewegen.

Ihre Persönlichkeit muss umgearbeitet werden, damit sie endlich zu dem neuen, großen Körper passt. Währenddessen rühren sie sich ungern von der Stelle. Sie leben unter einer Schlechtwetterplane, schauen nach innen und bauen eifrig.

Nach außen wirken sie taub und stumm.

Innen feiern sie Richtfest.

Die Welt da draußen lehnt er nun heftig ab, der junge Mensch. Als äußeres Zeichen wachsen ihm Aknepickel, eine klar erkennbare Allergie auf die Umwelt: er streckt ihr seine Pickel entgegen, sie sind auf alle da draußen gerichtet, wie kleine Kanonen.

Die schießen.

Die Welt da draußen mit der Familie drin ist nicht mehr seine.

Er muss sich eine neue suchen.

Auch ihn fragen wir noch manchmal, ob er uns wohl begleiten wolle bei unseren Ausflügen in die äußere Welt. Wir ernten nur einen ungläubigen Blick, dass wir es immer noch nicht gelernt haben, ihn nicht zu fragen. Wir müssten es doch längst wissen, dass die äußere Welt zur Zeit ganz out ist.

Da draußen gibt es nur überflüssiges, graues Vakuum, das wichtige Lebenspunkte voneinander trennt, also muss man es von Zeit zu Zeit überwinden, um zu einem Lebenspunkt zu kommen.

Und es gibt nur wenige Lebenspunkte, die den Namen verdienen, sehr wenige, der Supermarkt zählt nicht dazu, auch nicht das Schwimmbad oder der Wald. Wenn die richtigen Leute sich treffen, dann und nur dann entstehen die echten Lebenspunkte, die, die leuchten. Sie sind helle Inseln des neuen Lebensgefühls, das sie feiern, wo immer ein paar von ihnen beisammen sind.

Zentren der neuen Welt, Auswege, Lichtquellen in der Dunkelheit.

Wenn er andere, gleichaltrige trifft, ziehen sie zusammen auf der Suche nach etwas durch die Straßen und halten Ausschau, nach anderen Gleichaltrigen, die sich anschließen sollen. Eine Prozession, der noch der Wallfahrtsort fehlt, darum geht sie in Schleifen. Aber sie hat viel Zulauf. Wenn sie groß genug ist, wird sie den Wallfahrtsort finden. So sind die Gesetze der Magie, der sie gehorchen.

Die neuen Gefühle, die sie in dieser Welt erleben wollen, holen sie sich erst einmal aus der Musik. Da testen, kosten und schmecken sie, was es an Neuem gibt.

Aber sie brauchen mehr. Sie sammeln Welten, zerschlagen sie und zimmern sich aus den Bruchstücken eine neue zusammen. Sie schauen sich Hunderte von möglichen Leben an. Dazu konsumieren sie Filme und Serien und Videoclips in rauen Mengen, viel Leben aus der Dose, dehydriert, revitalisiert, instant, im Zeitraffer.

Wörter, Szenen, Gesichter, Hunderte und Aberhunderte, Figuren, Kämpfe und Klänge, Beleidigungen und Liebeserklärungen, Hochzeiten und Beerdigungen, die sie alle zerlegen.

Aus den Trümmern klauben sie sich zusammen das, was ihnen gefällt, und kleben die Scherben in das Mosaik ihres Lebensentwurfs ein. So soll sie aussehen. Ihre neue Welt. Tiffany-Optik, bunt und erstaunlich.

Eigentlich sind sie gar nicht da, sie sind in der Schleuse, sie sind und sind nicht, in einem nebligen Zwischenreich, wo es spukt und Magie funktioniert.

Wenn sie herauskommen, dann sind sie erwachsen. Aber sie werden uns weiter kritisieren, denn ihre Visionen sind anders als unsere, vor allem lebendiger.

Sie werden sich daran machen, das Weltbild ihrer Generation zu suchen- als Projektion in der Welt.

Wenn sie es aber nicht finden, werden sie einen neuen Wallfahrtsort bauen.

Denn sie wollen ihre Träume sehen, gemalt auf der Leinwand des wirklichen Lebens, und hineinspringen.

Paradise now.

Ihre Träume sind es, in denen sie leben wollen, nicht unsere.

Ohne uns

Ihr wollt einmal wissen, wie eure Kinder sich so benehmen, wenn ihr nicht dabei seid? Das ist eine sehr bedeutungsvolle Frage, die viele Eltern nur zu gerne beantwortet hätten, denn in ihrer Gegenwart können die Kinder ihren Erziehungsregeln nicht gehorchen, das versteht sich, also bleibt die bange Frage, wann und ob sie es überhaupt tun?

Von der Antwort hängt ab, ob wir mit unseren jahrzehntelangen Anstrengungen irgendeinen Eindruck in den Seelen unserer Kinder hinterlassen haben.

Also bleibt die bange, aber alles entscheidende Frage: wie benehmen sie sich, wenn wir nicht da sind?

Wenn Sie das wirklich wissen wollen, gehen Sie doch einfach aus dem Haus und kommen erst in etlichen Stunden wieder, aber nicht verraten, in wie vielen. Dann lassen Sie sich erzählen, was Ihre Kinderlein, die großen, in diesen Stunden vollbracht haben.

Sie werden sehen: sie haben Hausaufgaben gemacht, Briefe geschrieben, gechattet, Compi gespielt, aber nur die guten Spiele, alle verfügbaren Instrumente geübt, das Bett gemacht, aufgeräumt und, o Wunder, sich keine Minute gestritten, offensichtlich hatten sie keine Zeit dazu. Und dabei waren Sie nicht einmal zu Hause, um

das alles in die Wege zu leiten.
Unglaublich.

Was lernen wir daraus?
1. Die Kinder haben sich einen schönen Lenz gemacht und danach gelogen.
Möglich, aber unerheblich. Immerhin haben sie gut gelogen.
2. Kinder sind gute Kinder, wenn die Eltern nicht zu Hause sind.
3. Kinder sind schlechte Kinder, wenn die Eltern zu Hause sind.
4. Eltern sind überflüssig.

Also sollten die Eltern den Aufenthalt im eigenen Haus meiden? Ja, das wäre eine natürliche Konsequenz.
Es tut den Kindern offensichtlich sehr gut, wenn sie alleine sind. Man könnte die Aufenthalte außer Haus verlängern und ihnen noch das Bügeln und Geschirrspülen auf die Liste schreiben...
Hausputz, den Hamster...dafür fliegen wir nach Teneriffa....

Sollen wir aus pädagogischen Gründen das Haus verlassen? Sind wir ein Hindernis bei der Entwicklung unserer Kinder? Haben unsere Lieben nun oft genug unsere weisen Ermahnungen eingeträufelt bekommen, dass sie sie nun endlich auch in die Tat umsetzen wollen?
Sollten sie sie aber noch einmal aus unserem Munde hören müssen, wären sie bereit und gewillt, sie uns um die Ohren zu hauen?
Sind sie reif dafür alleine zu wohnen, wir aber nicht

zahlungskräftig genug für diesen Schritt? Haben wir
genug getan und sollen wir nun endlich aufhören, mehr
zu tun?
Wie macht man das?
Wie lebe ich mit jungen Pferden in meinem Haus?

Sobald wir den Druck lockern, der sie in Zaum hält, wird
die Rache kommen für jahrelange Unterdrückung, das
lehrt die Geschichte: sie schlagen zurück, sie vergleichen
sich mit uns und zeigen uns, dass wir dabei verlieren.

Wie glücklich sie doch sind, jedes Mal, dass wir aus dem
Haus gehen und sie dort zurücklassen, alleine. Man mag
gar nicht mehr zurückkehren und dieses traute Wohlsein
stören. Wir wollen doch nur ihr Bestes, und das ist
bekanntlich ihr Glück, also?

Eltern nehmen sich irgendwo ein Zimmerchen zusammen
und überlassen den Kindern ihr Haus. Damit sie sich
ganz und groß entwickeln können.
Wie? Nein, nein, Sie übersehen da etwas bei Ihrem
Einwand, Eltern sind schon entwickelt, die können sich
gar nicht mehr weiterentwickeln, die sind schon voll
ausgewickelt, also ist egal, wo man die aufbewahrt.

Hausbesetzung eigener Art, ohne Transparente. Eltern
werden einfach rausgeekelt. Wirksam. Gut. Cool.
Die armen Eltern draußen vor der Tür, in ihren dünnen
Schuhen und ohne Geld, da müssen sie Besuche machen.
Was bleibt ihnen sonst? Das Zimmerchen ist zu klein für
zwei.

Besuche in Häusern, wo es keine großen Kinder gibt, finde die erst einmal. Die noch von Eltern bewohnt sind.

Kaffee und Kakao IV

Ach, wir würden ja so gerne. Ja, so haben wir uns das eigentlich immer vorgestellt. Dass wir so über die Generationen hinweg tiefe, einfühlsame, seelische Gespräche hätten. Wir als helfende Hand, innig, verständnisvoll und liebreich. Die andere Seite vertrauensvoll und offen bis zum Bauchnabel und herzzerreißend ehrlich. Umgekehrt lieber nicht, da machen wir uns nichts vor.

Wir beide dann zusammen, am Küchentisch, im Halbdunkeln mit Lampe, vertraulich, still, irgendwo spielt Musik, unsere Hände ganz nahe beieinander. So wollte ich es haben. So hätte ich es gerne mit meiner Mutter gehabt. Aber wir saßen nie beieinander. Nicht einmal in der Küche. Wir standen.
Ich tue, wie meine Mutter es getan hat, sie hat immer geschwiegen.
Jüngere Generation darf reden, das ist ihr Vorrecht.
So kreuzen sich die Generationen.

Also sitzen wir am Küchentisch, wir trinken Kakao und Kaffee und hören der leisen Musik zu, die von selbst aufsteigt, die nächste Generation neigt mir ihren Kopf zu, denn ich sitze recht aufrecht und lausche auf die Dinge, die sie mir sagen wird. Wovon träumt sie? Träumt sie überhaupt? Lass mal hören.

Sie öffnet ihren Mund, mit leuchtenden Augen, sie erzählt mir gerne, winzige Speichelbläschen treffen mich.

Sie erzählt mir von ihren Einkäufen, beschreibt die T-Shirts in jedem unglücklichen Geschäft, in dem sie gewesen ist, wie sie aussahen, wie sie nicht aussahen, warum sie nicht aussahen und was man sonst noch daran hängen kann, an die T-Shirts.
Ich spüre, wie meine Miene versteinert. Meine Augen werden starr, der Mund öffnet sich unfreiwillig, ich glaube es nicht. Wir sind beim 15. T-Shirt, das sie nicht gekauft hat. Sie hat wieder gar nichts gekauft, und das rechtfertigt sie nun mir gegenüber.

Ich hätte mir alles angehört, alles verstanden und besprochen, wirklich alles, jedes Versagen, jede menschliche Untiefe; aber keine 19 T-Shirts, so viele waren es am Schluss. Und was meinst du denn dazu, Mama? Der Schalk blitzt in ihren Augen.
Jetzt ist echte Toleranz gefragt, Verständnis, liebevolles Eingehen auf das Gegenüber. Dafür braucht man Talent.

Schaffst du das, liebe Mutter, jetzt echt tolerant zu sein? Mal sehen.
Ich mag nämlich keine T-Shirts kaufen, weißt du? Schau in meine Augen, die funkeln vor Begeisterung, ich gebe Dir wirklich das Beste, was ich habe, nämlich meinen Trotz. Meinen furiosen Bericht über die nicht gekauften Shirts bringe ich Dir dar. Du solltest ihn mit Dank

aufnehmen, etwas anderes habe ich gerade nicht. Und er ist für Dich, mit allen Verzierungen und Trillern, nur für Dich.

Rede Du mal so lange über 19 nicht gekaufte T-Shirt, dann erst kannst Du ermessen, wie viel Rhetorik ich Dir zuliebe aufgewandt habe! Meine geschwungenen Girlandensätze hast Du nicht einmal gewürdigt.

Vergebliche Liebesmüh'. Ich wollte Dich unterhalten, aber Du hast es wieder einmal nicht gemerkt.
Ja, liebe Mutter, so ist das, das war's für heute und deshalb gehe ich jetzt schlafen.

Ich stehe auf und schütte meinen Kaffee in den Ausguss, er ist kalt geworden und schmeckt mir nicht mehr. Auch ihren Kakao hat sie stehen lassen. T-Shirts! Nur T-Shirts?

Darum hat meine Mutter wohl immer geschwiegen.

Kampf mit Jungens

Können Sie kämpfen? Oder haben Sie das verlernt? Haben Sie Angst davor? Warum? Weil Sie verlieren könnten? Das ist wirklich feige und das wissen Sie genau.

In dem Fall, von dem ich spreche, müssen Sie sogar verlieren, Sie müssen ehrlich kämpfen, so als ob Sie daran glaubten, gewinnen zu können, und dann aber, am

Ende müssen Sie verlieren, glaubhaft, wie bei einem abgekartete Boxkampf. Oder, genauer gesagt, Sie müssen nicht mit Absicht verlieren, nein, das nicht, aber Sie müssen mit der Möglichkeit rechnen zu verlieren, denn das ist die Absicht des Kampfes, dazu veranstalten wir ihn. Am Ende verlieren Sie sowieso, so sehr Sie sich auch anstrengen werden, das hat die Natur so vorgesehen.

Die Frage ist, in der wievielten Runde, das ist die einzige Frage, die sich stellt. Eine Lektion für Sie, dass Sie nicht allmächtig sind, und einen Etappensieg für Ihren Sprössling.

Was, Sie kämpfen lieber nicht? Ja, dann haben wir ein veritables Problem.

Da gibt es nämlich Leute, die kämpfen wollen. Die scharren mit den Hufen, wetzen die Messer, schnauben angeregt und fragen, wann es endlich losgeht. Hören Sie das Geräusch?

Was, Sie sind noch nicht bereit? Das ist aber schade. Was soll ihr Gegner denn nun machen mit all seinem Kampfesmut, seiner Begeisterung, seiner Siegesgewissheit, seinem Glauben an einen guten, gerechten Kampf?

Aufgeben und nach Hause gehen? Das kann er nicht, das liegt so nicht in seinem Naturell. Außerdem, zu Hause warten SIE und erinnern ihn daran, dass der Kampf immer noch nicht stattgefunden hat.

Und ich sage Ihnen etwas, der andere ist in guter Kondition, ausgeruht, frisch und trainiert, der wartet nur darauf, seine Fäuste gegen Sie wirbeln zu lassen und endlich öffentlich zu siegen.

Und jetzt kommen Sie mir ja nicht mit Ihrem
Verständnis, das kann er gar nicht gebrauchen! Das will
er nicht! Das macht ihn nur wütend. Was er braucht, ist
ein vollwertiger, zornentbrannter Gegner, den er fertig
machen darf, auf den Boden werfen, Fuß auf die Kehle
setzen und Foto.
Und Sie wollen mit ihm reden! So nett und gemütlich
wie immer? Aber er ist doch kein Kind mehr? Er braucht
einen vollwertigen Feind!

Nein, nein, eins ist ganz klar und unvermeidlich: er
braucht jetzt Feinde, also nimmt er seine Eltern, für ein
paar Jahre. Und wenn sie nicht wollen, macht das gar
nichts.
Er macht das schon. Er wird seinen Freunden erzählen,
was für ein furchtbar schlechter Vater Sie sind, was für
einen Blödsinn Sie ihm beibringen wollten, wie wenig
Sie als Vorbild taugen, wie Sie ihn drangsalieren mit
Ihren Verboten.
Seine Freunde werden ihm Ähnliches aus ihrem
Elternhaus erzählen, und schon ist der schönste
Freundschaftsbund besiegelt, mit einem gemeinsamen
Feindbild. Da können sie zielen üben und das tun sie
auch, gemeinsam. Immer aufs Herz.
Daraus kann sich eine sehr haltbare Beziehung
etablieren. Manchmal werden sie sogar erwachsen dabei.

Auch wenn Sie nicht mit ihm kämpfen, er wird Sie
bekämpfen, mit allen Mitteln, Sie werden es merken. Die
rhetorischen sind noch die sanftesten. Da ist es schon

besser, wenn man sich ein bisschen wehrt, macht eine bessere Figur, ein bisschen Schimpfen, ein paar harte Verbote, Kürzung des Taschengeldes, da wird Ihr Sohn froh sein, dass Sie sich endlich so benehmen, wie er es von Ihnen erwartet, und was seine Freunde nie anders angenommen haben.

Wie ein böser Vater, der einem hilft, anders zu sein. Da weiß man wenigstens, was das „anders" bedeutet.

Dann weiß er, wer Sie sind, er baut sich ein Gegenmodell und steigt hinein.

Aber nun stellen Sie sich doch einmal so ein verständnisvolles Elternpaar vor, sie spricht mit ihrem Sohn immer leise, beschwörend, betulich, Brücken bauend unentwegt.

Der liebe Vater seinerseits geht ständig auf seinen Sohn ein, diesen Kotzbrocken, und sucht sein Verständnis und seine Verzeihung und seine Bestätigung.

Was soll der arme Junge da machen? Er muss lügen, um sich seinen Gegner zu erfinden, richtig lügen. Und er wird seine Eltern dafür hassen, dass sie ihm keine richtige Zielscheibe bieten. Was soll man mit solchen Weicheiern anfangen? Mit solchen muss man ja Mitleid haben, und das ist das Letzte, was der Junge will. Mitleid mit den eigenen Eltern. Dann kann er ja gleich Mitleid mit sich selber haben, und das kommt nicht gut.

Krach will er haben, aber richtigen.

Tun Sie ihm den Gefallen, hassen Sie ihn, er braucht das. Und er tut auch alles, um Ihnen dieses Gefühl einzuflößen.

Sehen Sie das nicht? Wie er sich Mühe gibt, Sie vor den Kopf zu stoßen? Belohnen Sie ihn. Hassen Sie ihn von Herzen, ein paar Jahre lang.

Kampf mit Mädchen

Nein, Mädchen schlägt man nicht, das macht man ganz anders.
Was wollen Sie von Ihrer Tochter?
Wir wollen, dass sie hübsch, fröhlich und ja, auch intelligent sei, und erfolgreich wäre noch ganz nett, sozial und schulisch, bitte.
Und Sie sind sich sicher, dass das alles ist?
Ja, eigentlich schon, oder? Fällt Ihnen noch etwas ein?
Gut, ich nehme das so hin.

Ihre Tochter orientiert sich an Ihnen?
Nehme ich mal an, ja.
Aber wenn ihre Tochter sich vor ihrem 13. Lebensjahr bemüht hat, in Ihre Fußstapfen zu treten, das gleiche Eis wie Sie zu essen, und die gleichen Schauspieler toll zu finden und in Ihre Schuhe zu passen, was tut sie jetzt seit ihrem 13. Lebensjahr?
Genau das Gegenteil, wie Sie wohl wissen.
Gut, genau da wollen wir hin.
Wie meinen Sie das?
Nun, nehmen wir einmal an, Sie wollen Ihrer 10jährigen Tochter beibringen, Mohrrüben zu essen. Was tun Sie

da?

Ich esse Mohrrüben.

Eben, dann wird sie auch welche essen wollen. Und wenn sie schon über 13 ist?

Warten Sie, das ist eine Frage der Logik, gleich habe ich es. Äh, ja, dann koche ich die Mohrrüben, das muss schon sein, und behaupte, dass ich keine mag. - Das ist aber albern.

Sehr. Sie sollen ja auch die Mohrrüben nicht selber kochen, das wäre schon zu viel.

Also sage ich, ach, da habe ich ja wieder aus Versehen Mohrrüben gekauft, wo ich doch gar keine mag.

Ja, so könnte das doch klappen, oder? Damit sie die Mohrrüben freiwillig isst?

Na, bei Mohrrüben ist es ja noch einfach. Da könnte ich sie sogar noch bitten.

Ja, ja, wir wissen das, war auch nur ein einführendes Beispiel. Gehen wir weiter.

Was können Sie tun, wenn Sie erreichen wollen, dass ihre Tochter hübsch und adrett das Haus verlässt?

Dazu fällt mir gar nichts ein.

Na, wie war das mit der Logik?

Aber da müsste ich ja hässlich und schlampig sein!

Aha, jetzt sehen Sie, warum Ihre Tochter nicht adrett und hübsch herumläuft: Sie sind schuld!

Wieso? Ich ermuntere sie doch, noch adretter und hübscher zu sein als ich.

Das stimmt doch gar nicht, sehen Sie sich doch mal an! Diese Schminke und die neuesten Fummel! Sie strengen sich so sehr an, dass Sie geradezu verhindern, dass Ihre Tochter Sie überholt.

Na ja, man muss ja auf sich achten. Das ist in meinem Alter nicht so einfach.

Gestehen Sie, dass Sie sich von Ihrer Tochter nicht überholen lassen wollen?

Ungern, nur sehr ungern.

Und was soll sie dann tun, Ihrer Meinung nach, wenn sie ihre Mutter nicht überholen darf?

Weiter mit mir wetteifern, in meinen Fußstapfen.

Also hinter Ihnen herlaufen? Aber sie ist keine 12 mehr!

Dann wird sie sich eben etwas anderes suchen, wo sie glänzen kann.

Genau. Etwas, was Sie nicht besetzen. Aber Sie sind ja schon recht tüchtig und besetzen vieles.

Nun ja, wenn Sie meinen.

Ja, ja. Also was bleibt ihr übrig, zum Beispiel?

Hm.

Genau, hässlich und schlampig ihren Weg zu machen, um einen eigenen Stil zu finden.

Oh Gott, also ist wirklich alles meine Schuld.

Das kann man so sagen. Bereuen Sie!

Ja, ich bereue es, aber ich weiß nicht wie.

Wissen Sie wirklich nicht, was Sie zu tun haben?

Sie wollen doch nicht etwa, dass ich genau das Gegenteil von dem tue, was ich mir für sie wünsche?

Oh doch, genau das meinen wir.

Unsozial, hässlich, erfolglos in einem Winkel leben?

Das gibt die besten Töchter, wie man sie sich nur

wünschen kann. Das sind die Töchter von Müttern, die sich überholen lassen und nicht noch einmal aufs Gaspedal drücken dabei.

Das will ich aber nicht! Was soll meine Tochter von mir denken?

Ist ja nur für ein paar Jahre, kann ich Sie trösten. Danach können Sie aus der Versenkung wieder herauskommen und Ihre Tochter überraschen.

Überraschen?

Tun Sie es für Ihre Tochter, damit sie so werden kann wie Sie. Sie werden es nicht bereuen, wenn Sie das Ergebnis sehen.

Aber das ist ja scheußlich. Ich will doch nicht leben wie meine Mutter.

Sehen Sie, Ihre Mutter hat das auch für Sie getan, damals. Jetzt sind Sie an der Reihe, ein wenig Selbstverleugnung, bitte. Denken Sie an Ihre Mutter. Wenn Sie wirklich wollen, dass Ihre Tochter in Ihre Fußstapfen tritt, müssen Sie so tun, als wenn's nicht Ihre wären.

Mich verleugnen?

Als wenn Sie nicht mehr die Kraft hätten, Ihren Weg zu verfolgen, als ob Sie aufgeben müssten.

Aufgeben? So wie meine Mutter? Die hat damit nie aufgehört, mit dem Aufgeben.

Da wird ihre Tochter gerne die Fackel übernehmen und weiter tragen, so wie Sie damals.

Und die soll ich nun abgeben?

Nur so gelingt es. Und danach lassen Sie sich von Ihrer Tochter überzeugen, dass der von ihr gewählte Weg der bessere ist und schwenken wieder ein, auf die

altbekannten Fußstapfen, nicht? Seite an Seite.
Seite an Seite wäre schon schön.

Die Rechnung schicken wir Ihnen morgen.
Auf Wiedersehen.

Das eigene Zimmer

Neue Menschen brauchen neue Räume. Jugendliche in
unseren Breiten haben meistens ein eigenes Zimmer. In
das die Mutter einzutreten pflegt, um Wäsche zu bringen,
zu lüften, zu heizen und aus vielen anderen Gründen
mehr, die sie nicht benennen kann.

Neue Menschen brauchen neue Räume, für sich allein.
Wie bekommt man also die Mutter aus dem Zimmer
raus? Es ihr sagen, nützt gar nichts, sie versteht das nicht
und ignoriert solche Äußerungen beharrlich. Sie will
wissen, was in diesem Zimmer, das noch zu ihrem
Haushalt gehört, stattfindet, darauf hat sie ein Recht,
glaubt sie.
Was soll also der Zimmerbewohner machen?
Zuschließen darf er ja auch nicht.

Wird er es aufräumen, damit die Mutter leichter ihren
Weg findet zur Heizung oder zum Fenster? Oder gar zum
Bett, um es schon wieder zu machen mit ihren
neugierigen Augen? Oder es gar so sehr aufräumen, dass
der Mutter keine Ausrede mehr einfällt, um das Zimmer

zu betreten?

Nein, er wird sein Zimmer verminen, mit dem, was ihm zur Verfügung steht. Oh, ihm stehen eine ganze Menge Waffen zur Verfügung. Alte Socken, von Unterhosen reden wir hier nicht, bejahrte Äpfeln, bewohnte Joghurtbecher, Kabelgewirr mit Haaren, Papiere aus der Schule, heilige, allüberall, die zerfallen, wenn man sie berührt. Geheime Notizen, die nicht einen Millimeter bewegt werden dürfen, denn sie dienen der Schatzsuche. Ein Spiel, das die Mutter nicht beherrscht, weil keiner es ihr erklärt. Auf keinen Fall darf sie den Schatz finden, auf keinen Fall.

Einmal wird sie versuchen, das verminte Feld zu durchqueren um bis an die Heizung zu gelangen. Vielleicht auch noch ein zweites Mal.

Aber beim ersten Knöchelbruch wird sie einsehen: dieses ist Sperrgebiet, unbegehbar ohne Lotse, sonst gerät man unversehens in Morast und versinkt immer tiefer, wenn man nicht auf eine Tellermine tritt, auch sehr beliebt, vielleicht noch mit Fleischbällchen drauf und Tomatensauce.

Auch jeder Versuch, dieses Gebiet noch mit diplomatischem Protokoll (klopfen) oder mit Visum zu betreten, scheitert an dem wachsamen Grenzposten, der niemanden, aber auch niemanden durch den Türspalt eindringen lässt.

Da endlich haben es auch die Hausbesitzer kapiert: innerhalb ihres Hauses gibt es exterritoriale Gebiete, für die weder Kanalgebühren noch die Höflichkeitsgebühren entrichtet werden.

Wenn die diplomatischen Gesandtschaften noch glauben, sie könnten vertrauliche Gespräche in diesem Niemandsland führen, weil dann vor allem die angegriffene Partei sich in ihrem home land befindet und deshalb leichter auf Kompromisse eingehen wird, dann hat sie sich tief in den Finger geschnitten und sollte sich ein Pflaster holen.

Die angegriffene Partei wird auf ihrem Gebiet noch nervöser und aggressiver, weil sie den Eindringling vor sich sieht. Sie verlässt aber auch nur sehr ungern ihr befestigtes Territorium, sie fühlt sich dann schutzlos.

Deshalb ist es empfehlenswert, wichtige Verhandlungen auf neutralem Gebiet stattfinden zu lassen. Der Supermarkt bietet sich dazu an, die Straße oder der Friseur. Dort können noch Treffen stattfinden, bei denen die Bevollmächtigten persönlich zugegen sind und Statements austauschen. Von anderen Verhandlungsorten wird geraten abzusehen.

Wenn wirklich etwas bei den Verhandlungen erreicht werden soll, sei vor heimtückischen Verhandlungstaktiken gewarnt.

„Hier habe ich dein Lieblingsessen gekocht, da, liegt eine Serviette daneben, doch liegt sie, schau nur hin. Machst du jetzt die Zimmertüre auf, bitte, bitte?"

Ganz schlecht. Endet mit peinlichem Rausschmiss.

Die Gegenseite genießt das, denn das ist ihr Liebstes, gegen Sie zu gewinnen. Geben Sie ihr keine Chance.

Machen Sie Ihre Ansagen mit der Stimme aus dem Navigationssystem, mit dem unpersönlichen Charme des Besserwissenden, so ganz unwiderstehlich.

Der Gegner ist gerissen, mindestens so gerissen wie Sie und das wissen Sie. Er sitzt in seinem Zimmer und brütet, über so allerlei. Er hat wesentlich mehr Zeit als Sie, um sich zu beraten und sich seine Strategie zurechtzulegen. Die haben Sie nicht. Sie müssen fast immer aus der Hüfte schießen. Und das wissen Sie. Und er auch.

Der Hausgeist

Die Kleider werden teurer, denn sie sind größer, die Wünsche auch, die Ansprüche erst recht. Man ist jetzt wer. Jeans dürfen nicht mehr umgenäht werden, T-Shirts haben keine Falten zu haben.

„Und wo sind meine Turnschuhe?", tönt es um Viertel vor sieben morgens.

„Und warum hat mich niemand abgeholt, habe es doch laut genug gesagt?", tönte es um Viertel vor sieben abends.

„Und jetzt muss ich ins Kino. Ich bin schon spät dran, beeil' dich, hol' das Auto."

Das Essen muss so schmecken, als wenn sie es gekocht hätten, dabei können sie gar nicht kochen.

Die Kinder fordern viel, die Mutter äußert sich nur noch selten, leider meistens in Form von Verboten, was ihr dann ein „Nicht schon wieder, Mutter!" einträgt. Sie würde gerne etwas anderes sagen, aber wüsste nicht was. Es fällt ihr einfach nichts ein. Wie spricht man noch mal mit Erwachsenen, die mal Kinder waren?

Früher durfte sie nach dem Befinden fragen, Taschentücher, Ratschläge und Busfahrkarten mitgeben.
Früher nahmen die Kinder ihre Ermahnungen als Liebkosungen auf, die sie ihnen auf den Weg gab.
Heute werden ihre Organisationstalente als Pflichterfüllung eingefordert.
Also hat sie diese Sätze inzwischen gestrichen, weil sie nach 10 Jahren Gebrauch nerven, auch sie.

Sie ist auf der Suche nach anderen Sätzen, die sie äußern könnte, aber da sind nicht viele. Doch, grüßen kann man noch, mehrmals am Tag.
Sie ist immer noch für die Ordnung zuständig, da gäbe es Etliches zu sagen, aber das sind Sätze, die sie lieber nicht benutzen möchte.
Die Kinder dagegen äußern vieles, denn sie wollen ihrer Mutter helfen, sich zu optimieren, wie sie sagen. Deshalb weisen sie sie auf alle Fehler hin, um endlich die Mutter zu erziehen, obwohl auch sie wissen, dass sie unverbesserlich ist. Aber sie wollen ihr das beweisen.

Was äußert die Mutter also noch? Sie sucht vergeblich nach Worten. Es fallen ihr keine mehr ein.
Sie verstummt und wird zu einem unsichtbaren Geist, der nicht hört und nicht spricht, aber vor allem Hände hat, die alles besorgen, bügeln, pflegen, putzen und holen.
Und die Kinder wundern sich, warum die Erwachsenen immer über den Alltag klagen, ihrer ist ja einfach.
Erst wenn sie außer Haus leben, werden sie die unsichtbaren Hände bemerken. Dann erst sehen sie diese Hände in der Vergangenheit, wie sie sich regten und bewegten.

Und sie fangen an zu klagen, wie alle Erwachsenen klagen, über den lästigen Alltag, der ihnen nun auf den Leib rückt, ohne die fremden Hände.
Und die Mutter schaut stumm, sie will nicht schon wieder Recht haben.

Die Mutter hat verstanden, welches Image sie bei den Kindern hat. Man hat es ihr zu verstehen gegeben. Manchmal versucht sie noch, es zu ändern. Aber es ist sinnlos, ihr Image steht für alle Zeiten und für alle Generationen, die da kommen werden, fest.
Sie kann sich gar nicht erinnern, wann sie es erworben hat. Das muss zu einer Zeit gewesen sein, als sie selber nur ganz selten im Haus war.
Denn sie kann sich so gar nicht wieder erkennen in dem Bild, was da von ihr gemalt wird. Da muss eine Verwechselung vorliegen. Aber mit wem?

Sie soll die sein, die morgens immer so laut „Guten Morgen" geschrien hat? Sie soll die sein, die immer den Kartoffelbrei versalzen hat? Und nie gesehen hat, wenn die Kinder Fieber hatten? Die immer auch bei den höchsten Temperaturen in die Schule gehen mussten! Bei ihr gab es fast nie Kuchen und noch weniger Schokokuchen, denn sie konnte gar nicht backen! Aha.
„Von Dir bekam der Älteste immer das große Badehandtuch, der Kleinere nie. Ja, ja, das wusstest Du auch nicht, was?" Sie sei immer abends weg gewesen, auch wenn sie sich kaum erinnern kann, dass sie überhaupt je weg gewesen ist. Und sie hatte nie zugehört, nie, obwohl sie sich jeden *computer fight* erzählen ließ, in der Hoffnung, dass danach etwas Interessantes käme. So

entsteht ein Ruf.
Aus fremder Wahrnehmung, sehr fremder und feindlicher.

Manchmal kann man fast nichts zu seinem Ruf, manchmal speist er sich ganz aus den Bedürfnissen der anderen. So eine Mutter brauchen sie, um über sie herzuziehen. Mit der richtigen ist ja nichts los, die hat immer alles lauwarm richtig gemacht, da kann man keine Worte verlieren. Das kann man nicht einmal formulieren.

Aber wenn man schon mit seiner schlechten Mutter punkten will, muss man sie auch richtig schwarz malen, damit man sich danach von der Gruppe der Zuhörer trösten lassen kann. Denn von seiner Mutter will man schon lange keinen Trost mehr, den holt man sich jetzt woanders. In der Gruppe.
Aber da muss man Eintrittsgeld zahlen, schmutziges, Schmähgeld. Arme Mutter! Was werden sie von ihr denken? Und sie hat es nicht einmal verdient. Man wird sie nicht unterscheiden können von denen, die einen solchen Schmäh vielleicht wirklich verdient hätten. Denn ob erdichtet oder wahr, darauf kommt es leider bei diesem Spiel nicht an.

Erhebe Deine Stimme, Mutter, übe sie, damit wenigstens Du sie noch manchmal hörst!
Und sieh die Sache gelassen, es hat fast nichts mit Dir zu tun, es ist dialektisch.

Der Kokon

Ja, die Pubertät. Ein schwieriges Kapitel. Es ist wie mit der Raupe und dem Schmetterling. Wenn der Schmetterling erst einmal ausgeschlüpft ist, erinnert er sich nicht mehr an den Kokon. Ist er aber noch in dem Kokon, weiß er nichts von seiner Zukunft als Schmetterling, nur an seine peinliche Vergangenheit als Raupe kann er sich noch allzu gut erinnern und verbittet sich jede Anspielung darauf.

„Als wir deinen Peti gerettet haben, wie hast du da geweint!" „Weißt du noch, bei dem Blockflötenkonzert in der dritten Klasse, wie niedlich!"

Raupe ist er nie gewesen, wie kommt ihr denn darauf.

Da er aber weiß, dass er auch noch keinen perfekten Schmetterling abgibt, was er unter dem Vorwand abtut, dass er sowieso einen ganz neuen Schmetterlingstypus erfinden wird, für sich, bleibt er in seinem Kokon sitzen, lugt ab und zu nach draußen und lässt nur andere Kokonbewohner an sich heran. Die wissen, wie das so ist, in seinem Kokon herumzuwarten, das wissen die Schmetterlinge nicht mehr, und die Raupe schon gar nicht, auch wenn sie es gerne wissen würden und öfters bewundernd herüberstarren.

Die Kokons wollen sich aber auf keinen Fall von Raupen bewundern lassen, das ist oberpeinlich, von einem Schmetterling würden sie Bewunderung schon entgegennehmen, aber die tun ihnen den Gefallen nicht, die meckern nur rum, dass sie immer noch keine fertigen Schmetterlinge sind.

Also hüllen sie sich ein, setzen sich nicht aus, keinen Blicken, keinen Kommentaren, keiner Zugluft. Bleiben in ihrem Kokon und warten, halten den Kontakt mit anderen Kokonbewohnern übers Internet und verbitten sich Besuche. Tür zu! Wozu gibt es das Internet, bitte schön! Ist man dann gezwungen, den Kokon zu verlassen, weil etwa Schule angesagt ist, kommuniziert man weiterhin vornehm mit SMSs, reden ist ja ordinär und typisch alte Schmetterlingsgeneration. Außerdem könnte jemand zuhören. Alles andere später im Chatroom. Ja, wir sehn uns. Sehn wir uns?

Konspiration der werdenden Schmetterlinge. Versteckt, gedeckt, geneckt von den alten Schmetterlingen.
Manchmal treffen sie sich auch, alle in einem Raum, sonst darf keiner rein, nur Kokonbewohner, die noch im Werden sind. Dann vernetzen sie ihre Träume mit Steckern, lernen das virtuelle Fliegen und los geht's in eine fremde Welt, die sie sich gebaut haben, die nur sie bewohnen, wo sie sicher sind vor blöden Kommentaren und ungebetenen Zuschauern, wo sie ein bisschen üben können, als die neue Schmetterlingsgeneration zu weben und zu wirken.

Wie werden wir es machen? Wir machen es und werden dabei sehen, wie wir es machen, es ist schon in uns drin. Aber bevor wir den Kokon verlassen, müssen wir uns noch oft treffen, und übcn, denn es soll schon perfekt sein, wenn wir uns dann vorstellen, als die neue

Schmetterlingsgeneration. Die große Show! So etwas wie uns gab es noch nie! Also los!

Müssen sie ungeschützt eine Straße entlanggehen, ohne ihren Kokon, benutzen sie den elektronischen Schirm, via Ohrstöpsel. Dann sind sie vor Schallwellen und Regen sicher, einfach unansprechbar, nicht vorhanden, an ihren Augen sieht man, dass sie woanders sind, sie haben sich in ein Land gebeamt, wo die Musik läuft, die sie mögen, wo sie die Emotionen bekommen, die sie sich per Tastendruck ausgesucht haben. Nur der Kokon ist noch da und wandert die Straße entlang. Sie selbst sind weit weg und sind glücklich, das sieht man an ihrem nach innen gewandten Blick.

Wenn sie sich trotzdem einsam fühlen, so auf der Straße, suchen sie den Kontakt zu anderen Kokonbewohnern übers *mobile phone*. Was sie sich da erzählen? Wer weiß. Es scheint kurz und bündig zu sein und doch wesentlich. So nach dem Motto: „Hey, bist du da? Ich auch. Ist gut. Mach weiter.“

Netzwerk zwischen Kokonbewohnern, der neuen Generation, den kommenden Schmetterlingen. Zusammen sind wir stark. Lästig, das mit dem Kokon, was? Ja, aber unvermeidlich. Schau dir die Schmetterlinge an! Das muss man erst einmal erreichen!

Ist wie bei den Baustellen, die muss man auch verstecken, bis die Renovierung beendet ist. Darum brauchen wir unseren Kokon, Kleiderhüllen, den elektronischen Schirm oder wenigstens vier Wände als

Schneckenhaus. Und wenn wir so weit sind, geben wir dann schon Bescheid. Ihr seht es ja dann. Wenn wir alles abwerfen, die Bauzäune, die Hüllen, die Stöpsel. Coming out. In Farbe.

Bis dahin haben wir voll das Recht, schlechte Laune zu haben, wenn ihr uns da so als voll ausgebildete und flugerfahrene Schmetterlinge vor der Nase herumtanzt. Wir werden eh schöner! Das werdet ihr schon sehen.

Haben Kinder Kultur?

Das hängt davon ab, wie man Kultur definiert. Bis zu ihrem 12. Lebensjahr könnten sie Kultur haben, wenn wir unter „Kultur" die Art von Kultur verstehen, die wir zu konsumieren pflegen. Die Kultur des satten Bürgertums, der zarte Mozart, der deftige James Bond und die Big Band des WDR mit Sauce.
Ja, diese Art von Kultur haben sie erst einmal, und wir können sie sogar gutheißen, denn sie ist unsere eigene.

Aber dann, so um das 12. Lebensjahr herum, passiert etwas Unerklärliches. Sie verweigern sich, sie verweigern sich uns und unserer Kultur. Dabei hatten wir doch gedacht, wenn wir sie von klein auf daran gewöhnen....so wie beim Mohrrübenessen...Hätte sich das doch in eine Gewohnheit, eine unausrottbare, verwandeln müssen, der Kulturgenuss.

Es war doch so nett, so ganz und gar nett, wenn sie alle im Konzert saßen mit den weißen Strumpfhosen, ganz vorne. Foto. Dieser Nachwuchs, auch er entschieden eine kulturpflegende Generation, die unsere Familie noch höher aus dem Sumpf des Durchschnitts herausheben könnte, hoch ans Licht, nach oben, wo Goethe, Schiller und Beethoven ihre Penthouses haben und, wie es alte Leute zu tun pflegen, mechanisch nicken und über die Blumenkästen am Geländer auf uns herunterlächeln, ohne uns zu meinen.

„Was macht ihr denn da, ihr Armen? Auf dem Weg zum Olymp? Wir sind tot und können fliegen, deswegen sind wir hier. Aber ihr schafft es nie bis hier oben."

Aber nein, es ist noch nichts entschieden. Jetzt sind sie Teenies. Und sie verweigern sich erst einmal. Strikt und einfach so. Und was äußern sie dazu? Dass sie alles langweilig finden, nie die Mühe wert, sich dafür die Schuhe anzuziehen und aus dem Haus zu gehen.

Dass es ihnen übrigens noch nie gefallen habe, wirklich, dass sie immer nur uns zu Liebe aus dem Haus gegangen seien und sich hätten fotografieren lassen, aber das sei nun vorbei, ein für allemal. Schließlich sei das nicht ihre Kultur, die hätte ihnen nichts zu sagen.

Und wenn wir jetzt etwa einwenden würden, dass man doch Kultur schließlich unterstützen müsse, ob sie das wohl verstünden, müsse, einfach müsse, wie eine aussterbende Baumart, dann würden sie uns nur mitleidig anschauen und beim Wegdrehen des Kopfes fallen lassen, dass eine solche Art von Kultur, die nur noch unter dem Artenschutz so dahinvegetiere, unterm

Glassturz wie Schneewittchen, eigentlich schon tot sei. Das müsse uns doch klar sein, oder?

Kultur, die dieser Bezeichnung würdig sei und auch eines Besuches von ihrer Seite, die müsse poppen. Müsse lebendig sein und von selbst das Publikum anziehen wie ein Magnet, auch gegen seinen Willen. Das sei mit Menschen so und mit der Kultur auch. Events müssten cool sein, sonst sind sie weg vom Fenster und mausetot, ab in den Mülleimer der Geschichte damit, so einfach ist das.

Sie mögen keine Friedhöfe, keine Museen und keine Jubiläen, bei denen die Gefeierten jedes Jahr ein Jahr toter werden. Nicht einmal diesen Komparativ gibt es eigentlich, vielleicht heißt es doch töter? So wie rot, röter? Egal, das Leben sei egoistisch und sie auch.
Ihre Zeit sei zu kostbar, um dauernd zur Rettung von aussterbenden Kulturen und Kulturträgern zu eilen. Was für ein Schwachsinn!
Da gäbe es genug Lebende, die einen Besuch wert seien, wenn sie nur die Zeit hätten!

Und wenn wir dann kommen und ihnen beweisen, dass die Musik, die ihnen durch die Glieder zuckt, die Filme, die ihre Denkakte mit Bilderhintergrund versehen, die Bücher, die sie in ihren internen Ich-Speicher rüberladen, keine lebensbejahenden Botschaften enthalten, *show must go on, you know*, dann schauen sie wieder müde aus schwarzumrandeten Augen, (und wir fragen uns zum tausendsten Mal, ob sie nur schwarzumrandet oder wirklich müde sind?) und meinen, wir seien ja lebensbejahend genug, diese Rolle müssten sie nun nicht auch noch ausfüllen.

Nach einem langen, ausdrucksvollen Blick schließen sie die Augen und wenden sich zur Seite. *Show is over.*

Im Übrigen wollten sie ihre eigene Kultur aufmachen, da bräuchten sie unsere nicht dazu. Sie seien die neue Generation, und nicht nur ihr Vokabular sei neu, ihre Schuhe und Frisuren, nein, auch ihre Kultur sehe neuartig aus und sei bestimmt noch nie so da gewesen.

Auf die Frage, welchen Sinn ihre neue Kultur denn habe, antworten sie: Kultur ergänze das Leben um das, was das Leben zur Zeit nicht bieten könne. Damit die Teile der Seele, die gerade nicht aktiviert werden, nicht absterben, nicht wahr? Kultur liefere alles, was die *reality show* des täglichen Lebens nicht liefern wolle. Vor allem *adventure, emotions and strange worlds.*

Wir nennen das Eskapismus, sagen wir.

Ach, der deftige James Bond und der zarte Mozart, das sei kein Eskapismus?

Wir verstummen und gehen in uns.

Eben, sagen sie, ihr hört auch nicht täglich die Matthäuspassion, um gut und edel zu werden. Ihr macht auch nicht täglich auf Moral. Ihr wollt *fun*, genau wie wir.

Tief getroffen schweigen wir beharrlich.

Eben, eben, sagen sie, das haben wir's ja. Ihr seid keinen Deut besser. Berauscht euch auch an dem, was euer Leben nicht hergibt. Und weil ihr's nicht bekommt, holt ihr's euch aus der Fiktion, in Farbe bitte, dann schmeckt es süßer.

Wir schnappen nach Luft. Leider fällt uns trotzdem nichts ein.

Dann drehen sie sich voll zu uns um, konfrontieren uns mit ihrem doppeläugigen Blick und der Frontalsicht auf ihren drallen, jungen Körper, und sagen:

„Wisst ihr, was eigentlich der Unterschied ist, weshalb ihr euch von unserer Kultur bedroht fühlt? Warum ihr unbedingt wollt, dass wir eure Kultur als Tranquilizer zu uns nehmen?"

Natürlich antworten wir besser nicht. Was auch? Wir kriegen die Antwort sowieso gleich geliefert.

„Genau, weil ihr Angst habt. Denn unsere Kultur ist subversiv, sie ist unversöhnlich und völlig neu. Und sie richtet sich gegen euch, wie eine Pistole, ja, das tut sie in der Tat! Das ist aber nicht persönlich gemeint, eher dialektisch. Das versteht ihr doch, oder?

Wir müssen uns von euch unterscheiden und Abstand halten, deshalb verneinen wir euch. Kapiert? Das geht eben nicht anders."

Dann lächeln sie maliziös über unsere Köpfe hinweg, leicht zu machen bei ihrer Größe, und fügen drohend hinzu, dass sie immerhin noch behaupten könnten, ihre Kultur sei visionär, weil sie versuchten, die Zukunft ihrer Generation zu entwerfen, deshalb sei der Vorwurf des Eskapismus in die falsche Richtung abgefeuert, der treffe nur uns, weil wir keine Zukunft mehr hätten und deshalb unsere tote Kultur als Trostpillen gegen unsere trostlose Welt einnehmen müssten.

Die Gegenwart sei unsere verdorrte Zukunft, damit müssten wir leben. Deshalb suchten wir unsere Träume nur noch in der Vergangenheit, wo sie mumifiziert noch zu besichtigen seien.

Ein gemeines Grinsen kommt auf, das all ihre neuen Erwachsenenzähne entblößt, die zu putzen wir sie immer angehalten haben, sonst sähen sie jetzt nicht so ebenmäßig und scharf aus...

Das gibt uns den Mut zur Antwort:

„Und ihr meint wirklich, man müsste alle 25 Jahre, so lange, wie eine Generation braucht, um zu reifen, eine neue Kultur erfinden?"

Wieder schauen sie uns mit ihren jungen, schwarzgeränderten Augen aus bleichem Gesicht mitleidslos an. Ob wir das immer noch nicht kapiert hätten? Die Botschaft jeder jungen Kultur sei die gleiche: auf jeden Fall Opposition, („Sehr sexy, weißt du?" Sie kneifen verschwörerisch die Augenlichter zusammen), Zerstörungswut und Omnipotenzfantasien, na logo, aber sie bekomme jedes Mal ein anderes Gewand, je nachdem, was vorher war, wovon sie sich gerade wieder mal unterscheiden muss. Ist doch von der Soziopsyche her klar, oder?

Wir schweigen beeindruckt. Mensch, sind die gebildet! Fragt sich nur, wozu?

Das sei nun einmal so, und worüber wir uns eigentlich beklagen? Ach ja, sie würden sich jetzt wieder erinnern, warum. Die Sache mit der Tradition, nicht? Das schmerzt uns? Dass die Tradition, die seit so vielen Jahrzehnten Mozart hochhält, abbrechen könnte.

Sie halten einen Moment inne und scheinen nach innen zu lauschen, wo die Ohrstöpsel sie mit *emotions* abfüllen, die sogar wir noch hören können. Aber sie haben keine Wirkung auf uns, leider.

Das Leuchten des Rechthabens huscht über ihr Gesicht, sie setzen noch einmal an:

Wenn die Leute Mozart nicht mehr wollten, wenn sie ihn nicht mehr kauften, dann müsse er eben weg, egal, wie berühmt er sei. Da hätten sie eine klare Linie.

Aber, wir könnten uns trösten, es gäbe immer noch genug Leute, selbst in ihrem Alter, (Augenblitzen) die keinen eigenen Geschmack hätten und deshalb ihre Kultur eben aus dem *mainstream* bezögen, Mozart eben, ohne nachzudenken, weil man eben Mozart zu konsumieren pflege. Was soll man mit ihm auch sonst machen? Mozart wird schon nicht untergehen, (sie klopfen uns doch tatsächlich auf die Schulter!), dafür gäbe es immer genug Statusbewusste, die die Mozartkugeln kauften.

Das Krokodilsgrinsen kommt wieder auf, wir sehen alle von uns gepflegten Zähne.

Nun fühlen wir uns auf den Prüfstein gesetzt. Glauben sie wohl, wir seien Mitläufer? Die Mozart hören ohne nachzudenken? Oder gar nur essen? Solche wären wir? Durchschnitt, einfach nur platter Durchschnitt? Der Trostpillen braucht, um die eigene Trostlosigkeit zu ertragen?

Ist das jetzt die historische Retourkutsche, weil wir unsere Eltern auch so stehen gelassen haben wie begossene Pudel im rhetorischen Regen?

Haben sie Recht oder haben sie nur mehr Worte

---

gemacht?

Ihrer Meinung nach haben sie gesiegt. Temporär, sagen wir.

Kopfschüttelnd drehen sie uns den Rücken zu und gehen weg, mit wiegendem Gang, mit dem sie einen anderen meinen als uns, die wir genau hinter ihnen stehen, wir, die Eltern. Wir kneifen uns in den Oberarm, um zu sehen, ob wir noch da sind.

Dann sehen wir es: Griff in die Tasche, Taste gedrückt, wahrscheinlich ist es jetzt die Toccata von Bach, die in unserem CD-Schrank fehlt und jetzt in ihrem Kopf dröhnt, aber das würden sie nie zugeben, nicht vor dem ersten Kind.

Vorbildfunktion

Es ist so anstrengend, immer ein Vorbild zu sein. Und du darfst nicht glauben, dass es vorbei ist, wenn die Kinder größer werden, ganz im Gegenteil, vorbildlich zu erscheinen ist wichtiger denn je.

Du musst immer wählen gehen, wenn es möglich ist, und darfst kein Mal verpassen. Oder wenigstens solltest Du an Wahltagen regelmäßig das Haus verlassen, auch wenn es regnet, und nicht zu schnell wiederkommen, aber auch nicht zu spät. Und immer den Ausweis mit, sichtbar.

Du musst brav die Zeitung lesen, oder sie wenigstens

unordentlich auf den Altpapierstapel zurücklegen. Das bist Du Deinen Kindern schuldig. Was sollen sie denken, wenn die Zeitung so ins Altpapier wandert, wie sie in den Briefkasten gekommen ist? Was sollen sie denken? Dass ihr so ordnungsliebend seid, dass ihr sie nicht einmal lest?

Schau, dass Du entweder nüchtern nach Hause kommst oder so spät, dass es keiner merkt. Sonst darfst Du dich später nicht beklagen, wenn Du einmal die Haustür aufmachst, in der Nacht, und Dir ein bekanntes Gesicht entgegenkippt.

Drogen musst Du buchstabieren können, ja, das gehört zur Allgemeinbildung, und kram nicht die Packung raus, um es abzulesen.

Bücher soll man lesen, nicht nur kaufen. Die Kinder wissen das, das bringt man ihnen in der Schule bei. Damit diese wertvolle Tradition auch zu Hause fortgesetzt werden kann, obwohl du nur Kochbücher liest, musst du inszenieren. Indirekt, sozusagen. Lasse ganz langsam ein Lesezeichen durch einen inhaltlich wertvollen Wälzer wandern. Von links nach rechts, nicht umgekehrt, Achtung. Jeder wird verstehen, dass das lange dauert. Aber nicht vergessen, jeden Abend ein paar Seiten weiterschieben, sonst ist der Spuk nie zu Ende.

Den Klappentext müsstest du allerdings schon selber lesen. Aber wenn dir das auch zu viel ist, findest du im Internet eine Zusammenfassung in Großdruck. Falls man dich zur Rede stellt.

Durch vorbildliches Verhalten erwirbst Du Dir das

Recht, andere zu tadeln. Praktisch, nicht? Schon nach einem Tag darfst du damit anfangen.
Wichtig ist dabei, dass die anderen denken, dass Du Dich vorbildlich verhältst.
Ob du es wirklich tust, ist eine andere Sache.

Aber Achtung: nur den wenigstens gelingt es, überzeugend so zu tun, als ob, ohne es wirklich durchzuziehen.
Die einfachste Art, vorbildliches Verhalten vorzutäuschen, ist immer noch die, sich einfach vorbildlich zu verhalten.
Das klappt fast immer.

Kleiner Tipp: mach bei jeder guten Tat Fenster und Türen auf, damit es alle registrieren, dass heute wieder der Tag der guten Tat war bei Dir.
Beim Zähneputzen, Küssen und Mülltrennen.

Chillen

Tja, was ist das? Ausruhen? Relaxen? Und wozu? Und warum so lange! Was soll das?
Und was tun sie, wenn sie „chillen"? Machen sie Musik oder verwirklichen sie sich selber? Ohne dass man was sieht? Oder ist das einfach das falsche Vokabular?
Also, seien wir systematisch, gehen wir von dem Bekannten aus, dem uns Bekannt- und Geläufigen.

Wir arbeiten, etwas Wesentliches, etwa an unserer Berufung, die wir kurz Beruf nennen. Danach aber, wenn wir erschöpft sind, dann ruhen wir seelisch aus, für die Arbeit, bauen uns körperlich auf, für die Arbeit und machen dann weiter. Wie ein Zehnkämpfer, immer an der Front des Lebens. Denn wir zählen, das ist es wohl, man zählt auf uns, um das große Werk unserer Generation zu vollenden. Oder wir machen einfach weiter, um zu vergessen, was wir eigentlich wollten und dass wir eigentlich gar nicht zählen. Manchmal schützt einen das Handeln vor dem Nachdenken, ja, uns wenigstens.

Und es gibt immer viel zu tun, was auch immer. Wir finden schon etwas. Aktiv sein sieht gut aus. Egal, was man macht.

Und dann sehen wir unsere Söhne und Töchter auf dem Sofa liegen, garniert mit Fernbedienungen verschiedenster Art und finger food in Reichweite ihrer 3 Finger. Einfach so. Beneidenswert. Und grinsen uns an. Auch das noch.

Und wir fragen uns das, was jede mittelalte Generation sich immer gefragt hat: Warum tun die nix? Haben die sich etwa das Sofa schon verdient, wo ich, der Hauptverdiener, doch noch nicht fertig bin! Sollten sie mir nicht helfen, solange ich noch nicht fertig bin mit meinem Tagwerk?

Spricht der Neid aus uns? Wohl schon. Aber auch das Unverständnis, dass sie sich so gar nicht schämen? Dass sie da so lächelnd liegen können, auf dem Sofa, seit Jahrhunderten, uns im Blick, die wir noch herumrennen, müssen? Unsere abgenutzten Knochen lägen auch gerne auf einem Sofa, weich gelagert zwischen den Chips.

Sie chillen. Ja, das gab es bei uns noch nicht. Schade.

Das Chillen ist kein Zustand des Übergangs oder eine Fermate zwischen zwei Tätigkeiten, mit denen man die Zeit dazwischen füllt, wie etwa das Warten in einem Wartezimmer, bis man wieder dran ist und etwas tut, nein, Chillen ist ganz anders.

Es ist eine vollgültige Tätigkeit, die man auch beliebig ausdehnen kann, denn sie ist wertvoll, obwohl es von außen nicht so aussieht.
Wenn man chillt, will man nicht gestört werden. Denn Chillen ist wichtig, wichtiger als anderes, wichtiger als andere unwichtige Tätigkeiten wie etwa Abwaschen, Müllraustragen, Aufräumen.

Chillen schlägt alles. Wer chillt, braucht nichts anderes mehr zu tun. So die Theorie. Chillen ist das, worauf der ganze Tag hinführt, es ist der Endpunkt des Tages, die Krönung des Sonnenlaufs: Chillen ist das Wesentliche. Wenn man da angelangt ist, hat man es geschafft und bleibt liegen, zwischen den Chips.

Recht bedacht, ist es eine Revolution. Wozu ist der Mensch geschaffen? Zum Chillen? Nein, um tätig zu sein, tätig am Aufbau einer neuen Welt, linke Theorie, oder um zu genießen in der alten Welt, sobald man es geschafft hat, rechte Theorie.
Ihr wisst schon, was ich sagen will, das ist eine

weltanschauliche Entscheidung. Links oder rechts, Glaube oder Genuss. Das ist die Frage, die sich hier stellt. Die Antwort ist schon gegeben, sie sitzt auf dem Sofa und wählt nicht mehr links. Sie chillt.

Da sehen wir uns auf dem Sofa, Sinnbilder unseres eigenen Alters. Denn das, genau das, auf dem Sofa sitzen, das wollten wir tun, wenn wir alt, steif und weißhaarig wären und nur noch rechts wählen. Aber diese hier, die sind noch blond und saftig. Und die sitzen jetzt schon auf dem Sofa.
Wir fühlen uns übergangen, gefoppt und geschädigt.
Denn wo sollen wir denn nun sitzen, wenn wir wirklich alt sind? Dann ist auf dem Sofa kein Platz mehr für uns.
Und wer wird uns die Chips bringen?
Oder glaubt ihr etwa, dass sie den Platz auf dem Sofa irgendwann räumen werden? Nicht freiwillig, das nicht.

Haben sie in der Schule nie etwas über den Generationenvertrag gehört?

Sollen wir es glauben?

Letzten Samstag bin ich mit meiner Frau mal Bus gefahren. Na ja, wir waren in einem Restaurant, wo der Wein an diesem Abend umsonst war, und das Taxi wollten wir nicht bezahlen. Es wurde dann schon eins, und wir nahmen den Nachtbus nach Hause. Setzten uns zwei Reihen hinter den Busfahrer, damit wir die

Leuchtanzeige oben lesen können, auch ohne Lesebrille.
Als wir am Bahnhof vorbeikamen, stiegen ein paar
Jugendliche ein. Zwei Jungens und zwei Mädchen, würde
ich sagen, nur den Stimmen nach, denn ich habe mich
natürlich nicht umgedreht. Die verschwanden im
angehängten Wagen.

Da sie die einzigen Fahrgäste außen uns waren, mussten
wir uns ihr Gespräch komplett und stereo anhören. Das
taten wir dann auch nolens volens. Aber je länger ich
zuhörte, desto zorniger wurde ich. Wissen die denn gar
nicht, dass wir hier alles hören? Müssen wir uns dieses
unflätige Zeug wirklich zumuten? Gibt es da kein
Menschenrecht, ein passendes?
Nach einer Weile wechsele ich einen Seitenblick mit
meiner Frau, aber die hat die Augen geschlossen und
schüttelt nur den Kopf, will sagen: reg dich nicht auf, das
geht uns nichts an, unsere Kinder sind nicht so.

Leider verstehe ich aber alles, wenn sie doch nur
Türkisch sprechen würden, aber leider sprechen sie
Deutsch, nicht das Deutsch, das bei uns zu Hause
gepflegt wird, auch von Katharina und Jan-Friedrich,
unseren Kinder.
Aber es soll dieses Deutsch geben. Doch, es ist
verständlich und funktional, auch wenn ich die Hälfte der
Wörter nie in den Mund nehmen würde.
Ich werfe noch einen Blick auf das Gesicht meiner Frau.
Nun hat sie die Augenbrauen hochgezogen und nickt mit
geschlossenen Augen. Will sagen, das betrifft uns nicht,
auf unsere Kinder können wir stolz sein. Und die
geschlossenen Augen sollen besagen, ich solle sie nicht

dauernd angucken, sonst kriegen wir vielleicht noch Ärger mit dem Quartett hinter uns, wenn die spitz kriegen, dass wir ihretwegen kommunizieren und wie. Einverstanden. Also saßen wir nebeneinander und schauten nasenspitz geradeaus.

Hinter uns ging das Gespräch munter weiter. Mit Übersetzungen aus dem Englischen gewürzt, wenn sie wissen, was ich meine. Die Spalte, die das „F" enthält, muss in den englischen Wörterbüchern ganz dick sein. Auch die Silber „e-i", mir aus dem deutschen Vokabular gar nicht geläufig, fiel häufig.
Einige der Schimpfwörter, die sie für die persönliche Anrede gebrauchten, kannte ich überhaupt nicht.

Ich saß also da und lernte neues Vokabular. Wie ein Schüler, ohne Wörterbuch. Benedikt-Methode. Und wie war ich froh, dass meine Kinder dieses Vokabular sicher weder kennen noch verstehen, das weiß ich genau, noch benutzen. Meine Kinder nehmen solche Worte nie in den Mund, nein. Sie säßen jetzt hilflos hier und würden mich fragen, Vater, was soll denn das heißen, ja! Kannst Du das übersetzen? Ich dankte dem Herrgott im Stillen und hätte deswegen fast unsere Haltestelle verpasst.
Meine Frau gab mir im letzten Moment einen derben Rippenstoß, damit ich mich erhöbe. Also unterbrach ich meine Gedankenkette, nahm sie am Arm, und wir pressten uns gerade noch durch die sich schließenden Türen nach draußen.

Als wir dort in der kalten Dunkelheit standen und uns von dem Schreck erholt hatten, sagte meine Frau so nebenbei: „Die vier sind auch ausgestiegen."

„Ach", sagte ich so leichthin, „vielleicht kennen wir sie sogar. Hast du sie gesehen?"

„Nein", sagte sie und setzte ihr Füße in den hohen Schuhen voreinander.

„Wahrscheinlich würden wir sie auch nicht wiedererkennen", fügte ich scherzend hinzu, „wenn sie bei den Nachbarn den Rasen mähen."

„Wahrscheinlich nicht", sagte meine Frau weise und versuchte mit ihren Lackschuhen die Schneeansammlungen zu vermeiden, „was sie gesprochen haben, war auch nicht für unsere Ohren bestimmt."

Als wir so gemeinsam auf unser Haus zuschritten, langsam, sahen wir, dass in allen Zimmern Licht gemacht und Rollläden donnernd nach unten gelassen wurden.

„Wie fürsorglich sie sind", sagte meine Frau mit Blick auf ihre Lackschuhe.

„Sie sind gerade erst nach Hause gekommen", sagte ich erblassend.

Mein Frau ergänzte, als ob es nichts wäre: „Wie immer mit dem letzten Bus, mein Lieber!"

Gespräche im Auto

„Wie war's in der Schule, mein Kind?" „Ja!" „Habt ihr viel auf?" „Vielleicht." „Und, hattest du noch Kopfschmerzen?" „Weiß nicht."

Fast hätten wir die rote Ampel übersehen.

Der Schulausflug z. B.: von den Nächten werden wir nichts hören, aber wie der Tee beim Frühstück geschmeckt hat, das in epischer Breite, ja. Wesentliches zu sagen, das vermeiden sie tunlichst. Es könnte ja gegen sie verwendet werden. Weiß man vorher nie, wie das bei Erwachsenen so wirkt, die finden immer etwas. Und es gibt doch genug andere Dinge, über die man sich auslassen kann. Fußpilz, Seitenstechen und Kopfschmerzen z. B.. Auch wenn sie niemanden interessieren. Gerade weil sie niemanden interessieren, dann wird man hoffentlich nicht mehr so oft gefragt. Immerhin ist die Luft mit iterativen Geräuschen erfüllt, die von jedem Soziologen als Gespräch definiert werden könnten.

Aber ich bitte Sie, das machen wir doch auch den ganzen Tag: nur nichts preisgeben. Es könnte peinlich sein oder gegen uns verwendet werden.
Die Kinder werden eben langsam auch erwachsen.

Antworten auf Fragen mit Gegenfragen. Lassen Fragen ungehört zu Boden sinken, wie stille Flaumfedern. Reden lieber über Unpersönliches, oder über Ungefährliches. Mama, schau mal, meine Haare heute, die fühlen sich ganz anders an, oder - meine neue Schrift, habe ich Dir schon meine neue Schrift gezeigt? Die muss ich Dir jetzt mal zeigen.
Können ja nicht wissen, dass die Mutter eine grafologische Grundausbildung absolviert hat und auf die neuen Schriftzüge schaut wie in ein Seelenbuch.

Oder über Zimmereinrichtung, die natürlich immer zu ergänzen ist, ein gefährliches Thema, das Geld, aber so nötig. Über Französisch will ich mit dir nicht reden, weiß nicht, wann die Arbeit ist, aber ich kann dir sagen, wie sich heute meine Hand angefühlt hat, ganz komisch, sage ich Dir!
Und wie das heute Morgen geregnet hat, unglaublich! Haste gesehen?

Wer hört schon so aufmerksam zu wie eine Mutter, die immer noch der Meinung ist, hinter dem Gesagten stehe eine intime Mitteilung, die sie mitkriegen muss in diesem vertraulichen Moment und immer noch nicht verstanden hat, dass intime Mitteilungen einfach nicht mehr gesendet werden.

„Mama, ich mache Konversation mit Dir, verstehst Du, soll ich's Dir buchstabieren? Einen Auszug aus meinem Tagebuch kriegst du von mir nicht mehr. Wir machen das jetzt so wie ihr, ihr sagt ja auch nie die Wahrheit. Nein, lügen würde ich das nicht nennen, was ihr macht und - wir übrigens auch - , aber von der Wahrheit ist es weit entfernt, nicht wahr?"
„Oder zeigt ihr uns euren Gehaltsstreifen, oder eure wahren Gefühle, oder die Untersuchungsergebnisse? Nicht einmal streiten tut ihr euch vor uns, immer noch nicht. Das macht ihr immer ohne uns, warum wohl?
Darüber schweigt man aber besser, nicht? Bis es spruchreif wird, bis es aufplatzt und etwas zerstört, Scheidung oder Bankrott, so lange warten wir, mit allem. Bis dahin macht ihr Konversation, nicht wahr, ja, das können wir jetzt auch.

Das ist der Zaun, mit dem wir unser Leben vor ungebetenen Zuschauern schützen. Hübsch, unser Zaun, nicht? Haben wir extra eure Größe genommen, damit ihr nicht drüber gucken könnt. Ja, genau wie ihr. Dieselben Maße."
Sie haben die Fassade entdeckt, die Wichtigkeit des Scheins, die Verborgenheit des Seins. Da dürfen wir nun nicht mehr hinein, bis zum Schein und nicht weiter. Alles andere gehört ihnen alleine, sie sind nun erwachsen.

Zweite Geburt

Die Pubertät ist wie eine zweite Geburt, da muss die seelische Nabelschnur endgültig durch.
Die erste Geburt war ja schwierig genug. Ging aber verhältnismäßig rasch über die Bühne, nach 48 Stunden war das Drama vorbei. Und dann war er da, der kleine Krähhahn und unser Leben sah anders aus.
Die Schwangerschaft vorher war auch nicht einfach, immer diese Kilos überall hin mitschleppen. Wie Bierkästen. Wirklich belastend.

Die zweite Geburt dagegen. Es geht nun schon Jahre, und wir sind immer noch nicht durch. Seit er 12 wurde. Da war mir die erste lieber. 48 Stunden, wie gesagt. Vorher war er ein Teil von mir, hinterher nicht mehr. Das muss ich jetzt noch einmal durchmachen. In Zeitlupe.
Die Nabelschnur soll abgetrennt werden, zum zweiten Mal, im übertragenen Sinne. Es zieht ganz schön, denn

der läuft ja schon draußen rum. Und ich geistig immer mit, egal, wohin er geht. Ich weiß immer, wie er sich fühlt, auch wenn er nicht da ist, so fühle ich mich dann auch.

Jetzt im Sommer ist er mit seinen Freunden nach Portugal gefahren. Das war weit, da wurde die Nabelschnur ganz dünn und hat mich fast hinterhergezogen. Per Anhalter.

Nächstes Jahr will er nach Japan. Das werde ich aber nicht mehr aushalten, dann muss sie vorher durch, das muss sie.

Die Frage ist nur, kann man eigentlich die seelische Nabelschnur wirklich durchtrennen? Kann man das? Oder bleibt sie immer bestehen?

Solange er bei mir angedockt ist, kenne ich jede Bewegung, die er macht. Seine Gefühle spüre ich. Wo immer er ist, weiß ich, wie es in ihm aussieht. Also lebe ich mein eigenes Leben, das von meinem Mann und das von meinem Sohn noch mit, auch den Hund spüre ich manchmal und die Kaffeemaschine, so im Herzen. Nennt man das eine multiple Persönlichkeit?

Und er spürt es natürlich auch. Er hat es mir erzählt. Immer hänge ich so als Fata Morgana über ihm, und er hört mich sagen, tu dies nicht, tu das nicht. Huhu. Die Angst lässt grüßen. Als ob ich je so etwas sagen würde. Habe ich nie getan. Weiß wirklich nicht, woher der Geist das hat.

Nun hofft er, dass er, wenn er sich weiter von mir entfernt, auch die Fata Morgana bei mir lassen kann.

Dass das Gummiband reißt sozusagen, verstehen Sie? Na, ob er sich da nicht verrechnet hat?

Ich würde ja sagen, dass sie ihn immer begleiten wird, die Fata, egal, wohin er geht. Er würde sagen, nein, ich lasse sie jetzt bei dir, ganz bewusst, wie er sich ausdrückt.

Als ob ich so eine Fata Morgana brauchen könnte. So ein schlecht gelaunter Geist, der aussieht wie ich? Der immer über mir schwebt? Mit so komischen Sprüchen? Nein, danke.

Das Bild, das er sich von mir gemacht hat, das er aus mir gemacht hat, von dem ich nicht viel halte, brauch´ ich wirklich nicht. Soll er nur behalten. Ganz. Souvenir. Von mir.

Also zerrt und rüttelt er an der unsichtbaren Nabelschnur, die immer noch zwischen uns hängt, und meint, das würde jetzt etwas nützen. Es tut weh, das ja, aber sonst nützt es gar nicht.

Aber vielleicht braucht er das einfach. Mit seinen 16 Jahren. Sich von meinem Geist zu befreien. Soll er mal, ich habe nichts damit zu tun, dieser Geist ist ganz eigenständig, er ist ja auch eine Erfindung von ihm, das wissen wir beide, nicht? Aber er weiß es nicht.

Es ist der Geist, den er brauchte, den er sich zur eigenen Erziehung herbeigerufen hat, sein Über-Ich ist das, nicht meins.

Du verstehst gar nichts!

Was soll ich tun, wenn ich mit jemandem zusammen wohne, der dauernd meint, er durchschaue mich? Das ist eine Frage für euch naseweisen Psychoheinis, also los! Was soll ich nur tun?

Dieser Jemand durchschaut mich nicht nur, sondern versucht obendrein auch noch, mich ständig zu lenken, mal subtil, mal weniger subtil, ihr kennt das. Er hat halt den Daumen drauf und meint, nur weil er mich durchschaut und zu gut kennt, könnt er sich das herausnehmen und mir sagen, wo´s für mich langgeht.

Kennt ihr so jemanden? Ich denke, jeder von euch kennt so jemanden. Ist´n netter Kumpel, aber immer diese Gängelei, immer dieses Besserwissen. Bei aller Freundschaft….Und er merkt es nicht mal. Plärrt immer, dass er doch nur mein Bestes im Sinn habe, wenn ich anfange, loszuschreien, wenn er wieder den Mund aufmacht. Also ich sag euch, es ist nicht auszuhalten.

Nur leider bezahlt er die Wohnung und noch einiges mehr, also muss ich ihn doch noch weiter ertragen.
Aber ich frage mich echt: wie? Wie soll man das schaffen? Wie kriege ich den mundtot, damit er endlich aufhört mir zu sagen, was ich tun soll?

Ich habe ja schon ein bisschen in den entsprechenden

Ratgebern geblättert. Ich durchschaue das schon. Der fühlt sich mir überlegen, ganz klar, deswegen nimmt er sich das alles raus. Und ich aus langer Gewohnheit lasse das zu. Schließlich kenne ich den Typen seit meiner Geburt, stellt euch das vor. Er mich auch, übrigens. Das schafft Abhängigkeiten, er ist ganz schön abhängig von mir. Also der fühlt sich mir überlegen und da muss man ansetzen. Überlegenheit, Kompetenz, Größenwahn, alles das Gleiche.

Kompetenz untergraben. Das mach ich jetzt täglich. Wenn er die Klappe aufreißt, dann mache ich das auch und sage etwas Folgendes:
„Du hast einfach keine Ahnung. Wie solltest du auch. Du bist einfach viel zu alt. Das ist nicht mehr deine Welt. Und meine Welt ist schon gar nicht deine Welt. Du kennst dich da gar nicht aus, überhaupt nicht. Wie solltest du auch, in deinem Alter. Ich weiß auch eigentlich gar nicht mit Sicherheit, ob du dich in deiner eigenen Welt eigentlich wirklich je ausgekannt hast. Dafür redest du zu viel. Jemand, der sich auskennt, schweigt. Der brauch' die Welt nicht zu erfinden. Also vielleicht bist du überhaupt ein *looser* und versuchst nun auf meine Kosten dich groß zu fühlen. Ich kann dir natürlich gerne helfen, in deinem Elend, wenn du mich lässt, ich kann dir da echt gute Ratschläge geben. Wegen Jobsuche und das mit den Mädchen. Da ich jünger bin, weiß ich ja besser Bescheid. Aber wenn du das versuchst bei mir, ist das voll daneben. Da muss ich dann einfach lachen. Verstehste?"

Also das habe ich dann gestern gesagt und es hat voll

funktioniert. Der Typ ist aus meinem Zimmer gegangen, ohne ein Wort, das war noch nie da, noch gar nie. Wie eine Wunderwaffe hat das funktioniert.

Hoffentlich hat er nicht die Sicherungen rausgedreht, das macht er manchmal, wenn er nicht weiter weiß. Oder mir mein Konto gesperrt, das wäre echt blöd. Soweit kennt er sich nämlich mit der Elektronik schon aus, das kriegt er hin. Hab ich ihm beigebracht, leider. Schwache Stunde.

Wahrscheinlich bin ich später auch mal so, also sollte ich pfleglich mit ihm umgehen, ich weiß. Sonst erzählt er's noch seinem Enkel und dann bin ich dann später dran. Lieber nicht. So - lieber nicht.

Peinlichkeiten

Sobald die Kinder in die zweite Pubertät kommen, geraten ihre Eltern in die dritte. Die zweite Pubertät fällt so in die Mitte des Teeniealters, die dritte und letzte ums vierzigste Lebensjahr, wird manchmal auch mit der Midlife-crisis verwechselt, welche erst später stattfinden sollte.

Der Sinn der zweiten Pubertät besteht ja darin, dass die Kinder sich spirituell aufs Erwachsensein vorbereiten und deswegen den Erziehungsprozess vorzeitig für sich abschließen, indem sie sich weiteren Erziehungs-maßnahmen verweigern - in der Annahme, dass das ganze Glück der Eltern darin bestehe, sie zu erziehen.

Die dritte Pubertät der Eltern setzt dann ein, wenn die Eltern verstanden haben, dass der Erziehungsprozess zu seinem natürlichen Ende gekommen ist und weitere Anstrengungen wohl noch vonnöten wären, aber völlig sinnlos sind.

Befreit von der schweren Bürde, atmen sie erleichtert auf, sehen ihre Sprösslinge nun mit ganz anderem Blick, noch besorgt, aber auch neugierig.

Sie spüren, wie ihre Glieder wieder leicht und elastisch werden und fühlen das Ende ihrer schweren Erziehungs- und Versorgungsaufgabe herannahen am feurigen Horizont.

Der Blick leuchtet wieder, das Blut kreist schneller in den Adern, die Haare wallen beim Gehen. Und was nun? Was tun? Der Bürde des Erwachsenenseins ledig, spüren wir wieder die Impulse unserer Jugend zurückkehren. Wir kaufen uns eine Motorradzeitschrift und gehen tanzen.

Wir wollen wieder lebendig sein, witzig, spontan, mitreißend, sprühend und ….. Sehr zum Leidwesen unserer Nachfolger, die gerade erst einmal den Ernst des Erwachsenenwerdens sich erarbeitet haben und nun verständnislos zuschauen, wie wir versuchen, diesen Ballast abzuwerfen.

„Du kannst nicht auf der Straße hüpfen, nein, Mama, das kannst du nicht!
Und die Bionade machst du erst zu Hause auf, so im Supermarkt geht das gar nicht! Wie stellst du dir das vor?"

Sie vermeiden peinlichst das „Was werden die Leute denken?" Und sagen stattdessen: „Wie stehe ich denn dann da, wenn sie mich mit dir sehen?"

„Also diese Jeans nicht mehr, Papa, nein, das geht gar nicht. Du musst Abstand halten, verstehst du? Warum lachst du so laut, bitte? Man könnte denken, dass du betrunken bist! Dass weiß doch keiner, dass du gerade an einen Witz denken musstest. Du musst an dein Ansehen denken, das du bei den Leuten hast. So kannst du dich nicht mehr benehmen. Vor allem, wenn ich dabei bin."
Das mit dem „cool sein" ist ihm noch nicht so ganz klar, denken wir.
„Musst du immer fremde Leute ansprechen, das ist doch so peinlich, merkst du das denn nicht? Und wenn die dann merken, dass ich dein Sohn bin! Also ich gehe lieber schon mal vor."
„Mit dir kann man nicht mehr einkaufen gehen. Nicht, wo man mich kennt. Wirklich nicht. Schade. Früher bin ich immer gerne mit dir…" „Du kannst Papa nicht an der Kasse küssen, das geht wirklich nicht, das musst du verstehen, denk´ doch mal an mich dabei, Mama, bitte!"

Leider koinzidiert die zweite Pubertät der Kinder oft mit der dritten der Eltern, oder wird sie gar dadurch verursacht? Wir wissen es nicht, Sie vielleicht?

ANHANG: KINDERBRIEFE

Dialoge zwischen Mutter und Tochter, Shanghai

1. Ankunft

Mama, wo steckst du? Schon wieder in deinem Arbeitszimmer?
Immer noch.
Ach, das ist der Grünfink mal wieder, nicht? Wie viele Grünfinken hast du dieses Jahr denn schon gemalt, Mama?
Sie werden immer besser.
Willst du nicht mal auf chinesische Vögel umsteigen?
Nein, nein, ich muss aus dem Gedächtnis malen, das ist so.
Aber in mein Zimmer kommen keine mehr, hörst du? Ich habe genug von deinen Vögeln. Kannst du nicht mal ein paar verkaufen?
Letztes Jahr habe ich alle verkauft, restlos, dein Zimmer war ganz leer, nicht gemerkt? Jetzt muss ich wieder Vorrat schaffen.

Warst du die Woche schon einmal draußen?
Nein, wozu? Hier bringen sie die Einkäufe ins Haus!
Also ich kann nicht den ganzen Tag zu Hause
sitzen.
Ich stehe.
Auch das nicht, ich gehe jetzt mit Betty zum Fake
Market.
Wozu?
Gucken, vielleicht finde ich was.
Da bin ich sicher. Brauchst du was?
Nä, eigentlich nicht.

Also da bleibe ich lieber bei meinen Vögeln.
Ah, Mama, nicht schon wieder diese Leier, als ob
deine Vögel...
Meine Vögel, sind prachtvoll. Das siehst sogar du.
Ja, ja, aber einer mehr oder weniger...
Geh du nur shopping machen. Jeder was er ....
Bist du gemein!!!! Du weißt genau, dass ich auch
Vögel malen kann.
Vögel.
Ja, Vögel.
Vögel?
Ja, die meisten Leute können erkennen, dass es
Vögel sind.
Also, Türen kannst du wirklich besser!

Mensch, du sitzt hier im zweiten Stock vor deiner
Leinwand und da draußen ist China!! Da kann
man doch nicht einfach so sitzen bleiben!
Ach du, da draußen war Peru, dann die Ukraine, danach
Island und Senegal.

Und du bist nie raus gegangen!
In Peru schon noch, dann nicht mehr.
Du bist verrückt! Da wartet draußen die Welt auf
dich...
Und ich sitze hier drinnen. Meine Vögel sind prachtvoll
und sie werden jedes Jahr besser.
Also nützen die Umzüge bei dir doch was?
Weißt du, in jedem Land bekommst du andere
Farben...und auch die Leinwand ist unterschiedlich.
Aber die Welt und China...
Aber Kind, man kann doch nicht sein ganzes Leben lang
Tourist spielen. Ich verstehe ja, dass du nach draußen
musst, in deinem Alter.
Aber in den Ferien kommst du mit nach draußen.
Ja, in den Ferien, das ist etwas anderes. Da färbe ich mir
auch wieder die Haare. Fürs Rausgehen.

2. Ausschweifen

Mama, ich war an der Chinesischen Mauer! Stell
dir vor! Die windet sich wirklich wie eine
Schlange durch die Landschaft!
Ah, du meinst die Klassenfahrt?
Ach, es war so toll! So etwas habe ich noch nie
gesehen! Und ich kann nicht glauben, dass sie da
mit Wagen entlanggefahren sind.
Na ja, ich werde mir das nächstes Jahr im Oktober
anschauen.
Du kannst doch nicht so lange warten damit?
So ist unsere Urlaubsplanung. Aber erzähl ruhig weiter,

vielleicht erspart mir das die ganze Reise.
Ja, wie, willst du da etwa nicht hin?
Nicht unbedingt. Wenn du schon da warst. Erzähl nur!
Wir sind dann ein ganzes Stück die Mauer
entlanggelaufen. Aber es war so windig, als ob
sie die Mauer von Besuchern leerfegen wollten.
Wer denn?
Ja, die Windgeister. Oder die Götter.
Aber ihr habt euch auf euren Beinen gehalten?

Natürlich. Und dieses Wochenende will ich nach
Suzhou. Das soll ganz toll sein. Dort gibt es viele
Gärten. Und bestimmt auch Vögel für dich.
Wozu brauche ich Vögel?
Ich denke, die willst du malen.
Ja, deutsche Vögel.
Ach, Mama, du kannst doch auch einmal
chinesische Vögel malen.
Will ich aber nicht. Da müsste ich ja wieder von vorne
anfangen!

Kommst du also mit?
Gut, weil's Wochenende ist.
Ich habe übrigens heute einen guten Tag gehabt. Ich
habe eine Bridge-Gruppe gefunden. Ich glaube, sie sind
gut genug.
Du bist wie die Oma, dann fehlt dir ja nur noch
dein Portugiesischlehrer, dann hast du dein Leben
wieder wie früher.
Na ja fast. Ob sie hier auch so gute haben, wer weiß.
Langweilst du dich denn nie? Immer dasselbe!
So nicht. Anders würde ich mich schon langweilen.

Also nie Majong, nie Chinesisch?
Wenn ich mal Zeit habe. Wird aber nie ein Teil von mir werden.
Also ich habe noch so viel Platz in mir.
Und noch so viel Zeit vor dir!
Und Dein Portugiesisch?
Da habe ich meine besten Jahre gehabt. Damals hatte ich ein Kunststipendium für Lissabon..., zwei Jahre, schöne Jahre.
...und da hast du Papa kennen gelernt.
Auch. Ist ein Teil von mir. Den lebe ich immer wieder. Wenn ich Portugiesisch spreche.

Vielleicht wird China ja ein Teil von mir.
Vielleicht. Vielleicht findest du auch noch was Anderes, aber eigentlich bist du noch zu jung dafür.

3. In der Fremde

Ach Mama...
Was ist, mein Kind?
Ich will wieder zurück.
Was ist denn passiert?
Ich glaube, ich passe hier nicht her. Chinesisch ist so schwierig. Und die Schilder, ich fühle mich so doof.
(Pause) Und in der Schule haben sie alle schon ihre Freundinnen. Diesen Freitag hat mich schon wieder niemand eingeladen.

Hilfst du mir mit den Farben?

     Ja, wenn es sein muss.

Dabei können wir uns unterhalten.

Misch mir ein Nachtblau, du weißt schon.

     Ausgerechnet Nachtblau!

Hast du diese Woche schon mal deine Mails gelesen?

     Nein, die aus Deutschland? Brauchst du mehr?

Nein, so ist es gut. Lies sie mal, es sind einige
angekommen.

     Werd ich tun, hat wenigstens jemand an mich
     gedacht.

Es dauert eine Weile, bis man einen Platz im Herzen der
anderen hat, eine ganze Weile.

     Ich kann aber nicht warten, so lange.

Und den muss man sich schaufeln und graben,
anstrengend. Oft muss man jemand anders dafür
rauswerfen.

     Ih, das ist ja ganz hässlich. Ich will nicht so
     anstrengend leben.

Dann darfst du nie umziehen!

     Wie hast du das denn immer geschafft, Mama?

     Du hast doch jetzt schon in 5 Ländern gelebt!

     Und immer wieder von vorne.

Mein Kind, es ist leichter, einen Bridgeclub zu finden als
eine Freundin. Auch Portugiesischlehrer gibt es überall.
Man muss sein Leben einfach ins Schlepptau nehmen.

     Ich hab aber noch kein Leben!

Am leichtesten sind Farben und Leinwand. Und schon
hast du ein volles Leben. Und wenn dann noch als
Zugabe eines Tages eine Freundin hereinspaziert, bist du

sogar glücklich.

Und ohne sie ...

...bist du nicht unglücklich.

Vielleicht hast du einfach nur Angst ... vor Neuem!

Ich will mich nicht verlieren. Das wäre zu viel.

Ich möchte mich ganz gerne verlieren. Wenn es mir dann nur besser ginge.

Das wäre eine Lösung, wenn es eine Lösung wäre.

Und wenn ich mir dann vorstelle, dass ich Vögel male, nur weil mich keiner eingeladen hat, muss ich weinen...

Hast du deine Staffelei schon ausgepackt? Mal dir doch eine schöne Landschaft, so richtig melodramatisch, das könnte bei deinem Seelenzustand jetzt gut rauskommen.

Ach, Mama, ich kann doch gar nichts sehen vor lauter Tränen!

Du hörst jetzt auf zu heulen!

Ich will aber nicht.

Und entweder hängst du dich ans Telefon oder wir malen oder ich färbe dir die Haare.

Ist das eine Drohung?

Aber sicher.

Nein, dann lieber malen.

Wie du willst.

Von denen in der Schule kann keine so malen wie ich.

Dann musst du mehr üben. Talent verpflichtet. Also, noch mehr Nachtblau...

---

4. Zuhause

Mama, ich gehe heute mit Ina zu Ikea. Wir
wollen Kissen kaufen.
Du weißt aber, dass ich heute meine Ausstellung eröffne.
Jaaa, muss ich dabei sein?
Würde mich sehr freuen.
Du bist zu meiner Ausstellung aber auch zu spät
gekommen.
Dafür war ich aber den ganzen Nachmittag da und habe
brav mit den Müttern deiner Mitschülerinnen small talk
gemacht.
Aber nur weil es Sekt gab.
Na und? War ich da oder nicht, wo es doch nur eine
Sammelausstellung in der Schule war!
Aber ich habe alle meine Bilder verkauft.
Da es nur zwei waren.   also, kommst du um 7?

Mama, versuch es nicht schon wieder. Ich weiß
genau, dass sie erst um 8.30 anfängt.
Eben drum. Ich möchte, dass du um 8.30 da bist, von mir
aus mit Ina.
Bist du jetzt glücklich über deine Ausstellung?
Warum sollte ich? Meine Bilder sind gut, ich habe viel
daran gearbeitet und nun verkaufe ich sie, warum sollte
ich dabei besonders glücklich sein?
Was, nicht mal glücklich bist du bei so viel
Arbeit?
Glücklich bin ich, wenn ich sie male und sie immer
besser werden. Hast du schon mein neues Kobaltblau

gesehen für das Deckgefieder?

Ach, das soll neu sein?

Das macht mir so schnell niemand nach.

Mama, du hast dir die Haare immer noch nicht gefärbt?!

Oh je, oh je, habe ich noch genug Zeit? Ach, ja, lass dir die Kissen auf dem Stoffmarkt nähen!

Mama, hast du noch nicht gesehen, dass es draußen regnet?

Nein, dann geh eben zu Ikea, also bis um 7. Jetzt geh schnell...

5. Abschied

Mama, weißt du, dass Ina geht?

Schon nach einem Jahr?

Ja. So ein kurzes Jahr!

Du hast nur Ina, nicht? Freut sie sich?

Das würde sie mir nicht sagen, denn ich bin traurig.

Tja, wohin geht sie?

Nach Holland.

Das ist nicht so weit.

Dann ist sie aber weg, verstehst du?

Leere, weiß und Trauer. Hm.

Denn sie geht ja nur zurück, zu ihren alten Freundinnen. (Pause).

Da hat sie aber Glück!

Und ich war nur ein Platzhalter. Oder so.

Die Dinge sind die besten Freunde.

Das will ich jetzt aber gar nicht hören!

Sie verlassen dich nie. Immer für dich da. Zum Trost bereit.

Ich brauch' kein Kuscheltier.

Begleiten dich dein Leben lang.

Tu doch nicht so abgeklärt! Du hast auch geweint, als Sophie letztes Jahr gegangen ist.

Aber ja, aber ich habe das schon öfters erlebt.

Und dann färbst du dir immer die Haare neu, nicht? Als ob das die Farbe im Kopf auch ändern würde.

Nur wenn's ganz schlimm ist, aber meine Sachen trösten mich auch, meine Schuhe, meine Bilder, meine Gewürze, ja.

Ich will das aber nicht. Ich will nicht, dass Ina geht!

Warte mit dem Traurigsein, bis Ina weg ist. Noch ist sie da.

Aber nicht mehr lange!

Und gerade jetzt wird sie dich besonders mögen, weil sie dich schon vermisst.

Sie vermisst mich schon?

Ja.

Wirklich?

Ich weiß es nicht so genau, aber ich würde sagen, dass sie noch häufiger anruft als früher.

Hm, ja.

Ja, doch.

Wie schön! Ich könnte ihr etwas zum Abschied
schenken. Ein Bild, ein echtes, mit Öl. Damit sie
immer an mich denken muss.
Ist besser als Haare färben.
Ja, wirklich.
Hast du Zeit genug?
Ich weiß es nicht, sie fährt ja schon so bald.
(Pause)

Und eigentlich bin ich doch lieber bei ihr, als zu
Hause allein zu sein, um für sie ein Bild zu
malen.
Ich spendiere dir den Rahmen dazu, falls es gut wird.
Ach, Mama, du bist so furchtbar!
Nun, Qualität muss sein. Und Arbeit auch!

HEINKE STULZ

Zweimal ist sie aus Leverkusen fortgezogen und dreimal wieder dorthin zurückgekehrt: nach Schlebusch, auf den Leimbacher Berg.
Zuerst ging es 1994 nach Mexiko, 2001 waren sie wieder da, kurz in Schlebusch, denn im selben Jahr ging es weiter nach China.

Dort, in Shanghai, kam sie endlich zum Schreiben, zuerst für die Zeitung des Deutschen Clubs.
Die gesammelten Artikel aus fünf Jahren veröffentlichte sie im Eigenverlag als die
   „Shanghaier Satiren",
von denen sich um die 1000 Exemplare in Shanghai verkaufen ließen. Die Illustrationen lieferte dazu Stefan Wieczorek, wie auch zu den Märchenbüchern.
Wer sie gelesen hat, ist entweder sehr amüsiert oder beleidigt.

Die Nostalgie ließ ihr keine Ruhe, und so schrieb sie in der Fremde zwei sehr deutsche Märchenbücher, die sie auch selbst verlegt hat, in schönster chinesischer Seide:
   „Die Elfe in der Stadt",
eine Stadt, die eigentlich Schlebusch heißt, und
   „Ritter Kunibert und der Schwarze Graf",
eine Episodengeschichte um Schloss Burg.

2007 kamen sie nach Schlebusch zurück, und kein Verlag wollte die Bücher, die sich in Shanghai so gut verkaufen ließen.

Es war viel leichter, eine Anstellung als Lateinlehrerin am hiesigen Gymnasium zu bekommen und auch lohnender.

Aber sie ließ sich das Schreiben nicht verdrießen und stellte einen ersten Roman fertig,

„Liebesreigen Nr. 1",

ein anderer,

„Muss Alkestis wieder sterben?"

wartet auf seine Fortsetzung.

Doch Kultur ist auch ein Gemeinschaftserlebnis.

Darum hat sie einen Literaturkreis ins Leben gerufen, einen philosophischen Club, eine Schreibwerkstatt und den Club Latino, ein English Circle wird folgen. Ein weiterer Ableger ist der Musikkreis für moderne und alte Musik, der bald ans Tageslicht kommen wird.

Sommer 2009 hat sie im Schlebuscher Sensenhammer die Shanghaier Satiren auf die Bühne gebracht, mit Harfenmusik und Kerzenschein.

Frühling 2010 folgt nun die szenische Lesung

„Für Mütter und solche, die nicht so werden wollen",

die es auch als Buch geben wird, mit neuen Illustrationen in Schwarz und Weiß von Ellen Loh-Bachmann.

Im November, zur Leverkusener Kunstnacht, wird sie die **„Computermärchen"** lesen, wo Computer die Hauptfiguren sein werden, wieder im Sensenhammer.

ELLEN LOH-BACHMANN

Bildende Künstlerin/ www.eloba.de

Zwanzig Jahre Lateinamerika haben Elobas künstlerischen Werdegang entscheidend geprägt. Waren es zunächst vor allem Bilder und Themen aus Mexiko und Peru, steht seit einigen Jahren – bedingt durch die Rückkehr nach Deutschland – „Europa und die Welt" im Mittelpunkt von Elobas Themenkreis. Der interkulturelle Kunstdialog ist für sie von zentraler Bedeutung, ihre positive Grundhaltung drückt sich immer wieder in künstlerischen Aktionen aus, mit denen sie sich in einem universellen politischen Sinn engagiert. Fortsetzungsreihen, Bewegung und Wandlung - ein umfangreicher Werkkomplex ist kennzeichnend für die vielseitige Künstlerin, die seit 1981 international in Ausstellungen vertreten ist.

In Leverkusen gründete sie 2003 den Jour Fixe für Künstler und Kunstfreunde und betreibt neben ihrer künstlerischen Tätigkeit „Elobas Schule für Malerei", engagiert sich im Vorstand der AG Leverkusener Künstler, im Vorstand der Europa Union Leverkusen, im Kulturausschuss der Ev. Friedenskirche und last but not least als Ehefrau und Mutter. In diesem Zusammenhang entstand speziell für das Buch von Heinke Stulz ein neue künstlerische Variante: der Zyklus „Gemalte Scherenschnitte".

© 2023 Heinke Stulz
Herstellung und Verlag: BoD – Books on Demand,
Norderstedt
ISBN: 9783757816902